与爾同銷万古愁

天地
www.cosmosbooks.com.hk

書　　名　與爾同銷萬古愁

作　　者　蔡　瀾

封面及內文插畫　蘇美璐

責任編輯　吳惠芬

美術編輯　楊曉林

出　　版　天地圖書有限公司
香港黃竹坑道46號
新興工業大廈11樓（總寫字樓）
電話：2528 3671　傳真：2865 2609
香港灣仔莊士敦道30號地庫（門市部）
電話：2865 0708　傳真：2861 1541

印　　刷　亨泰印刷有限公司
香港柴灣利眾街德景工業大廈10字樓
電話：2896 3687　傳真：2558 1902

發　　行　香港聯合書刊物流有限公司
香港新界大埔汀麗路36號中華商務印刷大廈3字樓
電話：2150 2100　傳真：2407 3062

初版日期　2020年10月

三版日期　2020年10月

ISBN 978-988-8549-15-3

目錄

疫情旅行

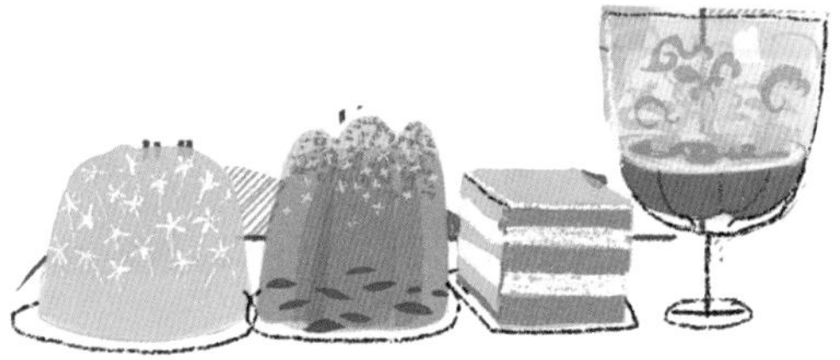

疫情中常吃的東西

活在瘟疫的日子

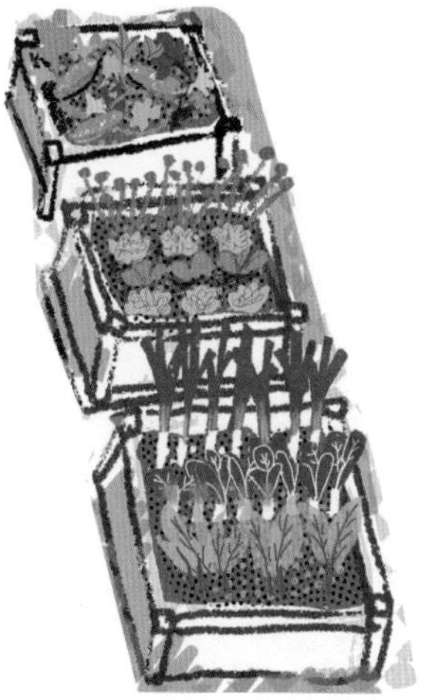

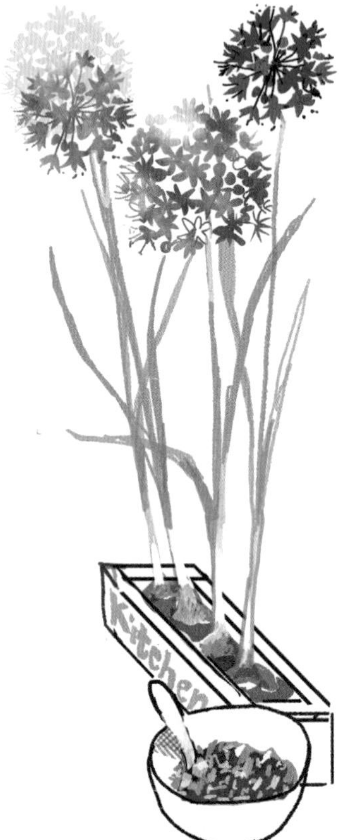

疫情旅行

重遊京都

眾人從大阪返港後，我到京都住幾天。

下榻與大阪同系的Ritz-Carlton，貪它在市中心的鴨川岸邊，出入方便。酒店很新穎，設計帶古風，和一般的美國連鎖旅館不同，舒服寧靜。

第一件事就是到附近的茶舖「一保堂」，一七一七年創立，我在五十年前抵埗時第一家光顧的就是這家人，坐在長條柚木的櫃枱前，有個大鐵壺，日本人叫為「鐵瓶」燒煮滾水，用枝竹杓子勺起，倒進一個叫「Yuzamashi」的容器，來沖泡「玉露」茶。

玉露是日本最高級最清潔的茶葉，纖細得很，不能直沖熱水，只可用「湯質Yuzamashi」來放涼至六十度左右，如果沒有湯質，那麼連續倒入三個空杯，也能得到同個溫度。

喝了一口，簡直是極美味的湯。從此上癮，一到京都，第一口非到此來喝不可，成為一種儀式。因為乾淨，茶葉可以不必沖洗一次，我常買回家後用冷礦泉水來浸泡，更是另一種享受。

店裏掛着一幅字「萬壑松風供一啜」，是節錄宋朝釋智朋的「瓦瓶破曉汲清冷，石鼎移來壞砌烹；萬壑松風供一啜，自籠雙袖水邊行」。一保堂用的都是中國味道的東西，包裝紙是木版刻印的陸羽茶經，很有古風，我把它裝裱後掛在辦公室牆上，記憶猶新。

地址：京都市中京區寺町通二條上

電話：+81-75-211-4018

網址：www.ippodo-tea.co.jp

喝完茶在附近散步，上蒼對我不薄，誤打誤撞地找到一家炸豬扒店，店名「とんかつ山本」，招牌布帳簾上寫着一個「技」的大字。走了進去，的確是靠廚技弄出來的美食，才二千多円，嚐到日本最好的豬扒店之一。若大家有緣，可一試。

地址：京都市中京區烏丸通二條上，店主叫山本若一

電話：+81-75-231-4495

家裏的茶杯被助理打破得七七八八，來京都之前請好友管家推薦了幾家陶瓷店，都去了也沒有我喜歡的大小，反而在高島屋的家器找到一式五個的藍色杯子，愛不釋手，價錢也比古董便宜得多。

京都寺廟從前去得多了，這回只到南禪寺去吃豆腐，懷舊一番，豆腐湯表面冷卻之後變成的腐竹，一張張撈起浸入醬汁中吃，再喝清酒，詩意十足。

接下來的數餐晚飯，都是吃懷石料理，有的舊式，有的新派，都沒有我最愛的「濱作」好，它是第一家可在櫃枱前吃的懷石，非常創新，早年廚師怎樣做菜，都不讓客人看到的，可惜去的時候這家人正在裝修，只有等它重開再光顧。

這回吃的懷石，從價錢最便宜的「平八茶屋」開始，這是一家有四百四十年歷史的食肆，作家夏目漱石常來，庭院幽靜，但料理平凡，可當成懷石的入門，裏面有八間房供住宿。

地址：京都市左京區山端川岸町8-1

電話：+81-75-781-5008

網址：www.heihachi.co.jp

中價的有「近又」，已經到第七代，店主叫鵜飼治二，此家人亦可住宿，食物應有盡有，說到懷石，食材一定用最早上市的，當今是菜花

Nanohana的季節，百貨公司的食品部也還看不到，這裏有得吃。

地址：京都市中京區御幸町四條上407

電話：+81-75-221-1039

網址：www.kinmata.com

最貴的是一家「米村」的，一共有十幾道菜，都是法國和日本混合的料理，甚麼都有，但甚麼印象都留不下，只知吃到一半已大叫老豬飽矣。

地址：京都市東山區新門前通花見小路東入梅本町255

電話：+81-75-533-6699

本來我是一個手杖狂，去到有手杖專門店的都市，第一件事就是去看看，京都有好幾家，當然也去了，但發現貨品都是似曾相識。我的手杖收集，已進入另一層次，那就是要買獨一無二的，只有請木刻家專為我製作，普通店的產品已不感興趣了。

不如到古董店找找，也許有奇特的手杖，京都有條藝術街，也在新門前通，逛了好幾家，還是沒有滿意的，這次一枝也沒買到。

還是吃最實在，到了京都，不可不去山瑞料理店「大市」，介紹的朋友去過之後都大讚，變成頭號粉絲，我五十年前吃了，至今不忘。

只有很普通的幾道菜，先來一杯湯，即大讚，跟着是幾小塊肉也美味得出奇，再把剩下的湯煮成粥，打了雞蛋下去，雞蛋鮮紅，是特別養的。一吃進口，連略焦底部都想挖乾，侍女也知道會有這種情況發生，特別關照說千萬別把那個大土鍋弄壞，這已經是古董，一個煲用上幾十年。

幾十年和店齡相比不算是甚麼，這家人已開了三百四十多年，賣的是同樣那幾道簡單的料理，一成不變，變的只是價錢，至今一客要兩千多塊港幣了。

地址：京都市上京區下長者町通千本西入六番町371

電話：+81-75-461-1775

去哪裏？

喜歡到處旅行的香港人，今後會到哪裏去？

首選當然是日本，但要被隔離十四日，去日本玩個五天最舒服，十天也不妨，試試看讓你躲在一個房間內兩星期，一定悶出鳥來。

而且日本一切都貴，這段隔離的日子又吃又住，是一大筆財產，一般旅客很難付得起。我本來可以用新加坡護照入境，到福井的「芳泉」或新瀉的「華鳳」享受螃蟹和米飯，要不然在岡山的鄉下旅館「八景」長住，浸浸溫泉，寫寫稿，日子很快的就會過，但是你不怕，人家怕你，又何必讓人麻煩呢？

最喜歡的歐洲國家是意大利，天天有享受不盡的美食，價錢便宜得不得了，但當今疫情厲害過我們兼鎖國，還是免了。

美國更是別去了，九一一之後草木皆兵，過海關都要受不禮貌的檢查和盤問，自此之後我從來也沒想過要去紐約。當然美國只有紐約一個地方值得去。別的都是鄉下，受不了牛仔腔的美國話，加州更討厭，只有日光和橙，悶都悶死。

瑞士最乾淨了，截稿前也限制入境了，否則你試試去住上一兩個禮拜，每天芝士火鍋，其他的甚麼都不好吃，一碟垃圾般的炒麵，也要賣三四百塊港幣，何必呢。

最近的還是台灣，飛一個多鐘就到，但台灣老早實行嚴厲限制，本來想去吃吃切仔麵的，當今只有作罷。

去新加坡吧，目前也限入境了，想起在沙士當年，岳華和苗可秀要去拍戲，也被迫禁止外出，躲在公寓中天天向當局報告行蹤，差點悶死。我剛巧護照到期，也要去換一換，入境局職員聽說我是香港來的，忽然嚇得像卡通人物一般彈起，即時亂蓋一個印，叫我馬上走開。回到家後和弟弟兩人搬了一張麻將桌子和一副牌，找岳華和苗可秀，四人打個昏天昏夜，他們的日子才過得了。

剩下來可以去哪裏？曼谷之前宣佈能夠入境，但早一天又話要隔離，反反覆覆，現在誰敢去了。

對我來說，目前最想去的還是馬來西亞，之前那邊政府宣佈他們是最安全的，隨時歡迎遊客走一趟，去玩個一兩星期，天天吃榴槤，高興得很。

昨晚才和葉一南談起，原來他也是個榴槤癡，他問是不是季節，去了有沒有得吃？哈哈，自從大陸人愛上貓山王，泰國的金枕頭已不夠喉，大量要求，馬來西亞也大量種植，接枝又改種，現在變成任何時間都有供應了。

我早就一直推廣貓山王和黑刺，又到過多處的榴槤園，並和園主們都打過交道，我向葉一南說跟我去，一定錯不了。

在馬來西亞吃榴槤不止是味道，而且還要求環境舒適，我知道有個風景幽美的山莊，青山綠水，還可以有乾淨的小屋，可以住上一二天。

在那裏專選動物吃過的果實，牠們最聰明，不美不食，咬過了一邊，剩下另一邊的，是完美的榴槤，甚麼品種都有。最過癮的是，地點是山上，空氣像秋天多過夏季，更厲害的是，一隻蚊子也沒有。

吉隆坡附近的吃完，再去檳城吃，那裏除了榴槤，還有好吃得要命的炒粿條。粿條就是河粉，檳城的，下雞蛋鴨蛋去炒，還添臘腸片、魚餅片、小粒的鮮蠔，最後加血蚶，不止一兩粒，一下一大把，料多過粿條，過癮之極。

在馬來西亞旅行的好處，就是各地都可以乘汽車去，距離兩三小時就有美食的城市，在公路上駕駛，遇季候風帶來的巨雨，忽然天昏地暗，雨點像廣東人說的「倒水咁倒」，真是傾盆而下，相信香港人經驗過的不多。

從檳城到怡保也只要兩個小時，那裏的水質奇佳，種出的豆芽肥肥胖胖，不試過不知道有多麼美味，做出來的河粉也細膩無比，更有充滿膏的大頭蝦，可以用湯匙勺來吃，甜美至極。

要是住悶了，飛一個多小時就可以到越南和緬甸，馬來西亞的確是方便周圍走走，最要命的是，一切那麼便宜，便宜到你不可相信。

有時間的話，再從吉隆坡到巴生去，坐車一下子就到，去吃最正宗的肉骨茶，那裏一個小鎮，就有百多家人賣肉骨茶，老祖宗的名店「德地」有七十多年歷史，一走進去就看到一大鍋一大鍋擺着，鍋內一塊塊三四條排骨的肉片像搭金字塔般地疊着，熬出濃郁的湯來，吃過一次就沒有辦法不回頭的。

書至此，消息傳來，馬來西亞也成疫區，香港更是鎖城，甚麼地方也不必去了，要隔離的話，還是留在香港好，至少要吃甚麼有甚麼。

疫後旅行

好像看到了一點點曙光，喜歡旅行的香港人都摩拳擦掌，準備瘟疫一過，馬上出門。

到哪裏去呢？

美國是不必問的了，就算沒病菌，黑白人動亂不息，隨時發生暴力事件，絕對不可問津。

意大利倒是可以考慮的，那邊的情形壞過我們，一到了必受歡迎，但是也得觀察一陣子才好動身去大吃白松露和其他美食。

澳洲和紐西蘭互相有通道，先讓他們兩國玩一陣子再說吧，但當今外來者還是不受歡迎的。

其他地方就算可以不受隔離，去了也會遭受白眼，我們是去花錢的，幹嘛受這種老罪？

若能安定下來，還是到馬來西亞最佳，大啖貓山王榴槤，吃美妙的河魚、炒貴刁、肉骨茶等等小吃，是一大享受，那邊的人對我們大有好感，歧視這件事是不會發生的，我一等到開放，即前往。原有答應過去開書法展的，一切已佈置妥當了，就是得等到不受隔離。

最理想的還是日本了。日本人靠遊客，為了要做生意，一定最先開放，但是私底下帶着敵視眼光，還是不值得。那怎麼去呢？去哪裏呢？跟着我好了，先到福井好了。那邊有一家我非常熟悉的溫泉旅館叫「芳泉」，女大將和我已是多年好友，說是我介紹來一定大受歡迎。

這段期間，我一直看到她在臉書發消息，休息了一陣子，但沒有停過，還在招兵買馬，聘請了多個服務生和新廚子，每天訓練。

房間也大肆裝修，她說在沒有生意做的時候，做這些待客的準備工夫最好，我看着她天天在虧本，但從不氣餒，盡量把質素提高。

女大將在她這一代已是第二代，兒子娶了媳婦，也訓練她來今後接班，她人長得漂亮，又非常謙虛，是一塊做女大將的好料子。

她的媽媽，第一代女大將也一直到店裏面看着，上次去時，抽空請她去吃鰻魚飯，她說好久沒出去過，感激得很，下回由她請客。

有了這三位女大將的服務，招呼客人一定沒有問題，我們已經是熟客，更不會發生歧視現象，加上旅館有一層專門服務高級客的別莊，叫「個止吹氣亭」，在每一間房都有私人溫泉浴室，浸一個飽絕對沒有問題，喜歡大浴室浸的話，旅館共有兩大池，非常舒服。

福井是吃越前蟹最好的地方，當今可能不是季節（每年十一月到翌年三月才是解禁期），但其他海鮮，像三國甜蝦和各種刺身還是第一流

的。

女大將會花盡工夫安排旅館大餐，生烤野生鮑魚和龍蝦刺身可以代替螃蟹。如果能去得成，她說是可以隨我們喜歡吃甚麼供應甚麼。當然，除了旅館大餐，我也會安排大家去吃最好的鰻魚飯。

中午，可到海邊去吃海膽，福井的海膽個子小，但非常之甜，市內有一家專門做海膽產品的名店，已開了三百多年，在那邊大家可買到鹽漬的雲丹，是日本三大名產之一，其他兩種的是海參腸和烏魚子。

福井的日本酒「梵」，已是跟隨着「十四代」的絕佳清酒，以價錢而論，絕對喝得過，我們當然也可以去參觀它的製造廠，老闆和我已是老友。

福井是百去不厭的，從大阪去，乘「雷鳥號Thunderbird」，不必兩小時已到達，舒服得很，回到大阪，又去吃「一寶」天婦羅，這也是我熟悉的舖子，他們會把在東京分店的師傅調去，專門為我們作出最高級料理，也會受到最高級招呼。

入住的Ritz-Carlton酒店，我們光顧得多了，像是回到家裏，也絕對沒有歧視這回事，他們做我的生意多年，已當老爺那麼拜。

如果說福井去得太多，要不然就去新潟，這個縣城我也熟，要吃最高級的大米，非到新潟不可，米好，酒一定好，老牌子的「八海山」當今致力創新，各種冰藏的佳釀可讓我們喝個不停，到「八海山」參觀時，可吃到他們的軟雪糕，是我至今吃到最軟最美味的。

新潟的著名旅館，月岡溫泉的「華鳳」，也是我們最常去的，不會有歧視的現象發生，到那裏，打着蔡瀾推薦的旗幟，一定給面子。

大家一齊去，出入最高級的地方，別再與一般旅客爭吵，買東西則去「高島屋」等著名的百貨店去，不必去心齋橋一類的觀光點了。

到了大阪，順便去京都好了，我上次住的Ritz-Carlton就在市中心，走幾步路甚麼都有，小住個幾天，去去二條的「一保堂」喝杯玉露茶，還有數不盡的高級懷石料理店，會得到我們應該得到的招呼，這才叫旅行。

疫後旅行・台灣篇

剛寫完《疫後旅行》，說了去馬來西亞和日本，那天和葉一南聊起，才發覺忘了還有台灣。待瘟疫一過，即動身。

去台灣，語言相通，不必參加甚麼旅行團，三兩知己，約好了就上路，輕輕鬆鬆。從台北到高雄，高鐵一下子就到，不然租輛七人車，邊走邊吃，也是樂趣。

吃些甚麼？台灣是一個最會處理內臟的地方，台灣人勤勞，洗得乾乾淨淨，做起來一點異味也沒有，只有本身的香氣，所以去台灣，必得吃過所有的內臟，也只有我們這一群不怕膽固醇過高的人有資格享受。

在台北吃就先去一家叫「高家莊」的，那裏的紅燒大腸一吃，即刻上癮，已經不能用文字形容它的美味。再來點一客沙律魚卵，吃個痛快。

翌日一早，去「賣麵炎仔金泉小吃」吧，那裏有我最愛吃的切仔麵。切仔麵的切字和麵的品種沒有關係，來自發音。用兩個尖碗狀的竹籠，把麵放進其中一個，用另一個壓住，放進滾水中滾，煮時晃動，發出「切、切」的聲音，故稱之。台語發音為「切」。

麵的美味再配上白灼豬肝、煙燻鯊魚肚、腰子、大腸等等，都是一片片切出來，所以有些人說切仔麵的切字，來自把食材切片。土生土長的人叫它為「黑白切」，亂切一通的意思。

如果把鴨舌也歸於內臟類的話，「老天祿」的鴨舌一吃至少可吃上三四十條，最美味的部份是舌尖，再來啃黐着的兩條舌根，肉少得不能再少，但更有滋味。

除了舌尖，還有鴨心、鴨肫、鴨腸，有些人說這家人已大量生產，其他店有更好的，但我認為爛船也有三斤鐵。看到店裏有分台灣舌和北京舌，問道怎麼分別，難道是北京進口？老闆蔡先生笑着回答：「北京烤鴨拔出來的。」

蚋仔也非吃不可，做得好的地方專選肥肥大大的，讓滾水一燙之後即用大量蒜頭和醬油去醃，鮮美無比，一吃一碟跟着另一碟，朋友問要吃到甚麼時候才停止，我笑着說：「吃到拉肚子為止。」

如果你也喜歡吃豬腰的話，千萬別忘記他們的麻油腰子，簡直是一絕。把豬腰切半，利刃清除白線，洗得乾淨，拋入冰水中冷卻收縮，炒時一定要用猛火，下上等麻油，煸出煙時下豬腰，翻兜一兩下，下薑絲、米酒，即成。

要是你喜歡豬肝的話，小販們會仔細地挑出血管，用注射針筒吸滿

老天祿

高

了再注入醬油，分佈整個豬肝後蒸熟。這時候吃，才明白為甚麼肝字上面要加個粉字。

吃完肉類內臟之後，輪到魚的，台灣最美味的當然是虱目魚，在台南有很多虱目魚的專門店。所有魚、骨頭最多的當然最甜，虱目魚全身有二百二十二條刺，台南粥店的老闆是劏魚高手，不消一分鐘即把魚分解，硬骨拿出煮湯，細骨切斷也不會傷喉。

靠肚子部份完全無骨，白灼或清蒸最肥美，更好吃的是魚腸和魚肝，帶點苦，能吃上癮。

虱目魚個子小，內臟也不多，要吃得過癮，總得到東港的漁港去，那裏的黑鮪魚產量頗豐，我們吃過魚肉的多種部份，但很少人能吃到魚的內臟。原因是如果到遠方的深海，一抓到即刻把內臟丟掉，不然漁船回岸會腐壞。

東港抓到的鮪魚離海岸近，當天回港，內臟可以保留了下來，可以吃魚腸、魚肝、魚心臟和骨頭與骨頭之間的骨膠原。

這些食材本來只留給漁民自己，我們到了專賣內臟的餐廳，先把大塊的魚卵炸來吃，然後把魚精子拿來紅燒，比豬腰更滑更美味，跟着吃魚喉管，骨髓煮成當歸湯。

到了台南，美食更無窮盡，先到「阿霞飯店」，食物有蝦棗，烏魚子，粉腸，豬腰拌醬，雞仔豬肚煲鱉，最精彩的還是「紅蟳米糕」，選最肥美的膏蟹斬件備用，再拌江瑤柱、豬肉碎進糯米中，鋪上蟹蒸之。

不然請我的老友阿勇師傅來一餐辦桌宴，這是全台灣最古老的吃法，當年罐頭螺肉很珍貴，要開了罐頭後整罐放在碟子上桌才證明童叟無欺，上桌的方式古老得再也不能古老了。

「度小月」本店也不能不去，老闆娘已成為我的好友，看她還是坐在檔邊一匙又一匙地把肉醬勺在麵上，吃完了才知道擔仔麵原來的味道是怎麼一回事。

其實，食物的千變萬化，都是從互相學習而來，台灣人很會吃魚，有種做法是值得我們借鏡，在台南廟口有一檔人家賣的魚丸是我從來沒吃過的，那是把魚丸打好後，再把魚片切成細絲，插在魚丸當中，像個羽毛球，吃起來有兩種口感，白灼魚片和魚丸一齊享受，那多有文化呀！

疫情中常吃的東西

大班樓的歡宴

在一個懶洋洋的下午，我們去了「大班樓」。

這次本來是想補請鍾楚紅做生日的，那天她叫了我去，沒告訴我是甚麼聚會，到了才知道，太遲，沒禮物。

今天有她的友人傅小姐、Teresa和Jenny，以及「大班樓」店主夫婦，總共七位，這種人數剛好，太多了話題總是太散。

太陽映照在半透明的玻璃窗上，氣氛暖和，有點似曾相識。傅小姐帶來的餐酒總是有水準，數支Bienvenues Batard Montrachet Grand Cru 2007白酒和Chanson Chambertin Clos De Beze Grand Cru 2008紅酒，都是我愛喝的。

友人常問你不是不喜歡餐酒的嗎？你不是說所有的餐酒都是酸的嗎，而你是最討厭酸的？

好的餐酒一點也不酸，照喝，今天有非喝醉不歸的預想。

酒好，菜呢？

葉一南一早預備的頭盤，是凍滷水花椒小吊桶，小吊桶就是小魷魚，胖人手指般粗，當今在香港已很少見。大廚每天在鴨脷洲等漁船回來，立即搜購，用凍滷水浸夠味，掃上自製的花椒油上桌。

味道當然不錯，我們一邊吃還一邊聊，說日本人也捕捉後即扔進一大桶醬油內，等小魷魚餵飽。用同一個方法來餵滷水也行呀，或其他醬汁也許有更多的變化，大家都拍手同意。

另一道冷盤是陳皮牛肉，陳皮不易入味，葉一南說試了兩年，發現配牛肉最佳，帶些甜味更好。說到陳皮，我帶傅小姐前些年到九龍城的

「金城海味」進了一大批，下次店裏不夠用，我們自己吃時她說可以提供。

阿紅一向酒喝得不多，今天也暢飲，臉紅紅，更是好看。

接着上的是鹹檸檬蒸蟶子，這是葉一南去大孖醬園時發現的二十年前醬油，全部買回來，時間累積的醇厚味道不同就是不同，簡簡單單地用來蒸蟶子，不錯不錯。

跟着上的鹹魚臭豆腐，原料來自李大姐手筆，她是唯一一位製作豆滷發酵臭豆腐的僅存者，製品與化學臭豆腐當然不同，師傅搓爛臭豆腐，加入上好鹹魚、馬蹄、葱花切絲捏回方塊炸成。

知道阿紅最環保，反對吃魚翅，這一餐甚麼鮑參翅肚都沒有，黑松露、魚子醬等也禁絕，葉一南說中國的好食材一生一世都用不完。

酒喝多了，阿紅說起她在香港演藝界的生涯，前後不足十年，但也

拍了五六十部電影，有些還是被黑社會挾持下日夜開工的，累得站着也可以睡着。辛酸雖不少，但她總以輕鬆口吻敘述，惹得人家哈哈大笑。

這時主菜才上，蟛蜞膏豆仁琵琶蝦，是用雌性的小蟛蜞卵製做成。在蟛蜞體內的叫膏，成熟後才成為禮雲子，產量極少，味奇鮮。

剁椒鹹肉蒸龍躉頭上桌，大班樓用自己發酵的剁椒，加鹽加蒜，發十多二十天即成，味道很強，配上鹹肥肉絲、欖角來蒸大魚頭，旁邊有水餃，其實配料的紅油抄手做得更好吃。

樟木煙熏鴨需特別預訂，體形細小的黑腳鴨，肉很嫩，再用雞鴨鴿子鵝等等切下，廣東廚子叫為「下欄」的部份蒸出汁來，比上湯更濃。用它來醃一夜入味，然後慢火蒸四小時，逼出一大半油來。這時才用真正的樟木慢慢煙熏，這個步驟是急不得的，最後用大火焗香鴨皮。

阿紅建議煙熏時可加米飯，煙味更可濃一些，來補救味道過淡，葉一南也細聽了。

今天晚飯，也是來慶祝他和他太太的新婚，這一對佳偶拍拖已拍了二十年，剛好在二十年前參加過我的旅行團，當時不知他們是不是夫婦，也不便去問，後來才知道是情侶。

我一直覺得婚姻是一個野蠻的制度，但在他們的例子，更適合佳偶天成這四個字。大家所談，都是數十年的事。阿紅已故的先生，也是我從小看到他大的，今天聊起，似是昨日事。

剩下的是魚湯腐皮豆苗，美人們非吃蔬菜不可，我已太飽，再也吃不下了，但看到蟹肉櫻花蝦糯米飯，才連吞數口。

最後的甜品是每天即磨的杏仁茶，還有不太甜的山楂糕、杞子糕和綠豆蓮蓉餅。糖水則是綠豆加臭草做的，這一餐，完美得很。

主要是人好，話好，食物好，那斜陽的光線，現在想起，是在繪畫老師丁雄泉家裏，阿姆斯特丹當然沒有大魚大肉，是簡簡單單的煎葱油餅，但一樣歡樂，一樣難忘。

埋單時，說是葉一南請客，謝謝他們了。

意大利菜吾愛

早在一九五四年，Sabatini意大利開業，當大家還不太會欣賞意大利菜時，Sabatini三兄弟其後更跑來香港，於帝苑酒店內開了一家，裝修依足羅馬式，用料精美，一直開到現在，餐廳不必翻新，也不覺陳舊，反而有一份古典味道，一想到正宗的意大利菜，也就想到Sabatini。

七十年代經濟起飛，天下菜式都雲集香港，要吃甚麼菜有甚麼，香港有更加多意大利的，因為始終中國菜與意大利最接近，家庭觀念亦相同。

這時的意大利食肆，多是美國加州牌子，賣的都是很一般很大眾化的意粉、沙律、比薩等，更注重健康，少油少鹽。開餐廳有甚麼意大利酒?哼哈，連Grappa是甚麼餐廳也沒聽過。

後來出現了一個奇葩，那就是Da Domenico了，這家人賣的是純正的意大利菜，叫一碟紅蝦意粉來吃就知道，完全的地中海海水味，好吃得學大陸人所説，眉毛都掉下。

原來一切食材都由羅馬空運而來，曾經聽國泰當年的老總陳南祿説過，這家人是意大利航線的大客戶，做了不少他們的生意。

食材貴，售價當然提高，但有時覺得太不合理了，叫一尾鹽焗魚來試試，埋單時簡直令人咋舌，老闆亞歷士大概從香港吃過粵菜蒸魚時受到的打擊，心理不平衡，非得賣得比廣東佬更貴不可。

但奇怪，投訴歸投訴，要吃真正意菜，還是乖乖地跑回去光顧，一次又一次。

亞歷士是有點道理的，同樣食材，別人做出來的就是不一樣，他是一個瘋狂的天才。

接着出現的有「Paper Moon」、「Theo Mistral by Theo Randall」、「Kytaly」、「Grissini」、「Nicholini's」、「Fini's」、「Cucina」、「8 1/2 Otto e Mezzo Bombana」等等等等。

都試過，都一般，吃意大利菜惟有跑去意大利吃了，三星也好，沒星也好，那邊的，除了正宗，價錢還便宜得令人發笑，在香港吃一餐，可在那裏吃幾頓。

最近常去的是一家叫「Gia Trattoria Italiana」的，自稱Trattoria，而不是Ristorante，有點像法文的Bistro小館的意思，是親民的。

老闆兼大廚Gianni Caprioli略肥胖，一臉鬍子，典型的意大利人，熱情如火，親切地招呼每一個客人，如果要找中國人翻譯，店裏有位叫Ryan的也對當地食材及菜式瞭若指掌。

Gianni來港甚久，愛上這個都市，在這裏落地生根，星街也開了一家叫Giando Italian Restaurant & Bar，另有數間雜貨店。

在這裏吃是舒服的，飽肚的，三四位去吃，叫一份意粉份量十足，他也樂意地分為數小碟讓每一個客人嚐嚐。每逢假日及週末有自助餐，初試的客人最好由此開始。

第一次接觸意大利菜的人當然首選龐馬火腿和蜜瓜，這個組合是天衣無縫的，一吃上癮。除了在店裏吃到，我們可以去他那家意大利超市去購買，一走進去，簡直是熱愛食物者的天堂。

蜜瓜每週一由羅馬空運而來，吃過龐馬火腿之後，會追求品質更高的San Daniele，香氣和口感不遜西班牙產品，而且那蜜瓜，甜度恰好，更比日本靜岡的來得自然。

紅蝦意粉店裏是用一種較普通意粉幼，但比天使麵粗的，吃起來沒

mercato gourmet
Mascarpone

有那麼硬，很像我喜歡的油麵，容易入味。用料也不吝嗇。如果你也愛吃，可在他那超市買到一公斤裝的，每週一入貨，自己做，要下多少都行。

其他數不清的意粉種類，當然得配不同的醬汁，我們自己做起來費事，也不一定正宗，那麼可買架子上的Pesto Sauce，味道多得不得了，我愛吃的Lamb Ragu也一包包等你去買。

友人李憲光最愛八爪魚，這裏粗的細的都有，當大家以為八爪魚很硬時，地中海的特別柔軟，在火上烤它一烤，或者用橄欖油煎之，即可食。除了八爪魚，他們也賣小魷魚和小墨斗，同樣地一點也不硬，而且香甜得要命。

另一種李憲光喜歡的是烏魚子，把意粉煮好，刨大量的烏魚子碎鋪在上面。不夠鹹可加魚露，以為烏魚子和魚露只有台灣人或潮州人吃，就大錯特錯了。

各種貝類也齊全，用白酒煮開後加大量大蒜，香甜無比。做意大利菜，食材用得正宗的話，很難失敗的。

再簡單點，在店裏買一盒Conca牌子的Mascarpone軟芝士，配有油漬的小鹹魚當小食，再來一杯Grappa di Brunello di Montalcino，空肚子喝，即醉，是一個懶洋洋下午的開始。

「看你賣的價錢，你是有良心的。」我向Gianni說。

他走過來，緊緊地抱住我。

資料：

https://www.mercatogourmet.com.hk/

https://www.giatrattoriaitaliana.com/

包餃子

疫情時期，大家閒在家裏發悶，我倒是東摸摸西摸摸，有許多事可做，嫌時間不夠用，其中消磨時間的方法之一，是包餃子。包餃子包括了包雲吞、包葱油餅、包小籠包、包意大利小餃子等等，數之不盡，玩之無窮。

一般應該從擀皮開始，我知道用粗棍子把皮的邊緣壓薄一半，合起來才是一張的厚度，煮完熱度剛好，但我這個南蠻人粗暴，性子又急，不介意買現成的皮來包。

到菜市場的麵攤去買，五塊十塊錢，就可以買到一疊，拿回家就可以開始製餡了，自己做有個好處，就是喜歡甚麼做甚麼，超市買來的冷凍品，永遠不能滿足自己的口味。

主要的食材是肉碎，去肉販處買肥多於瘦的豬肉，包起來才又滑又香，加上切細的韭菜或葱，就可以開始包了。要求口感的變化，我會加入拍碎的馬蹄、黑木耳絲，咬起來才脆脆的，甚為過癮，若市面上找不到馬蹄，可用蓮藕代之，沒那麼甜而已，最後添大量的大蒜，拍扁後切碎。

調味通常有鹽，沒有信心的人可加味精，騙自己則撒雞粉，其實也是味精。我不知道為甚麼大家對它那麼害怕？只不過是從海草提煉上來的東西，不撒太多也應該不會口渴，但我做菜心理上總是覺得太取巧，自己是不加的。我甚至連鹽也不撒，打開一罐天津冬菜，即可混入肉中，也已夠味。

各種食材要混得均勻，戴個塑膠透明手套搓揑，我覺得又不是打甚麼牛肉丸，不必捽了又捽，食材不爛糊，帶點原形更佳。

怎麼包呢？我年輕時在首爾旅行，首次吃水餃，那裏的山東人教我，邊緣塗些水，雙手一捏，就是一隻。當然摺邊更美，如果再要求美觀，網上有許多短片，教你五花八門的包法。

我嫌煩，包給親友吃還可以多花工夫，自己吃隨便一點，最快的還是買一個意大利的餃子夾，放入皮，加餡，就那麼一夾，即成。

這是包餃子專用小工具，雲吞的話還是手包方便，看到雲吞麵舖的師傅拿一根扁頭的竹匙，一手拿皮，一手舀餡，就那麼一捏，就是一顆，但自己永遠學不會。

當然喜歡北方的薺菜羊肉餃，或學上海人包香椿，但我要有變化才過癮，只是肉還是單調，最好加海鮮，通常我包的一定有些蝦肉，也不必學老廣說一定要用河蝦，海蝦也行，太大隻的話，可拍扁碎之包餡。

Kitchen

如果在菜市場看到有海腸，也買來加入餡中，青島人最喜歡用海腸為餡，不然海參、海蠣、海膽，甚麼海鮮都可以拿來包。我有時豪華一點，還用地中海紅蝦呢。

去到日本，不常見水煮餃子，他們的所謂餃子，就是鍋貼而已，用大量的包心菜，下大量的蒜頭，他們的餡就那麼簡單，所以吃完餃子口氣很重。

到拉麵店去叫餃子，不夠鹹，但他們是不供應醬油的，一味是醋。說到這裏，我是一個總不吃醋的人，所以在拉麵店很少叫餃子，我最多點意大利陳醋，它帶甜，還可以吃得下。

餃子傳到意大利後，做法也變化無窮，最成功的是他們的Tortellini小雲吞，一隻隻像鈕扣那麼大，我們的怎麼做就不肯做得像他們那麼小，味道也可真不錯，如果你愛吃芝士的話。工夫花多了，但是賣價則是我們水餃的好幾倍。

他們怎麼包呢？先擀好一層皮，用枝帶齒的小輪切之成方塊，再把餡一點一點放在上面，捲成長條，再把左右一捲，沾了水，貼起來，即成，樣子與我們包的一模一樣，意大利媽媽才肯下那麼多工夫，經過三星級大廚一包，更讓所謂的食家驚為天人，我認為是笨蛋，偶而食之則可。

水餃鍋貼都應該是平民化的食物，沒甚麼了不起，填滿肚子就是，北方人還不經咬嚼，一下子吞入，吃個五十隻面不改色。

拜賜超市，當今水餃已是一包包冷凍了賣，煮起來也方便，不必退冰，就那麼直接拋進滾水中就是，用三碗煮法：水沸，下一小碗冷水，再沸另一碗，三沸，下第三碗，第四次水滾時，水餃就熟了。

我們自己包，吃不完也可以把它放在冰格中，跟自己的食量包裹，雲吞的話，我可以吃二十粒左右，水餃皮厚，我只能吞八隻，每次八隻分開包放進膠袋，丟入冰格中就是。

買了那個意大利餃子器之後，我一有空就包。本來想按照丁雄泉先生的做法，下大量長葱，包起來山東大包那麼巨型，但是用餃子器的只能包小的，長葱也用不上，改用青葱，切葱之後，拌以大蒜碎，撒點鹽和味精，其他甚麼都不加，一個個包好後，吃時把平底鍋加熱，下油，一排一排地，加點麵粉水在鍋底，上蓋，煎至底部發微焦時，起鑊，一排排的葱油鍋貼上桌，好吃又漂亮，你有空時不妨做做看。

家中酒吧

瘟疫一定會過的，過了之後，我們第一件事就是去旅行。旅途中入住酒店，當然會去酒吧喝上一兩杯，而坐了下來，面對酒保，叫些甚麼才好，有許多人還是搞不清楚。

最容易要的是一杯Highball了，那是甚麼？威士忌加冰加蘇打，就是了。而當你洋洋得意時，他老兄問你要怎樣的威士忌，就會把你問啞，這時候你看看架子上的，只要你認識任何一種，指着就是。但也要強記幾個牌子，不然會把白蘭地當威士忌，就出洋相。

喜歡旅行的人，在吃晚餐總會到酒吧泡泡，知道怎麼叫一兩杯雞尾酒，是基本認識。最普通的，就是占士邦常喝的Dry Martini了，跟着來的是他吩咐酒保：「搖晃，不是攪拌是Shaken，Not Stirred」，是他喝這種雞尾酒的常用指示，不過在《Casino Royale》2006中，酒保問他要搖晃，或是攪拌時，他回答說：「你他媽的以為我在乎嗎Do I look like I give a damn?」

劉伶們總希望家裏有個酒吧，現在不能出門，是創造自己酒吧的最佳時期。這是你自己的，不必跟着大家屁股走，喜歡喝甚麼酒，就買多一點，創作自己的雞尾。

如果要做一杯另一種最常叫的Manhattan雞尾酒，威士忌就要選美國的波本Bourbon，而不是英國的Scotch。兩份，或兩安士的波本，加一份，或一安士的甜苦艾酒，再加一兩滴苦汁，大陸翻成比特酒，是蒸餾酒中加入香料及藥材浸製而成的飲品，通常用來幫助消化，或治療肚子痛的飲品。一般常用的是Angostura Bitters，很有獨特的個性，酒吧不能缺少的，最後加上糖浸的櫻桃，攪拌而成。

而占士邦喝的Dry Martini則是用金酒Gin做底，金酒分兩大派，酒保會問你要甚麼Gin，如果你講不出就是門外漢，英國派以Tanqueray為代表，你回答說Tanqueray就不會出錯，而且非常正宗。另外一派以蘇格蘭西部產的Hendrick's為代表，你回答說Hendrick's，酒保也會俯首稱臣。家中的金酒，一定得藏這兩種，如果你的金酒是Beefeater牌，那就平凡了，這是基本知識。

Dry Martini中的Dry，並不代表「乾」，而是「少」，一般的Dry Martini是兩份金酒，加一份Dry Vermouth混合而成。

喝Dry Martini的酒鬼，通常要酒精越多越過癮，那麼Dry Vermouth就不必一份，而且把它倒入冰中，搖晃幾下，剩下那麼一點點Dry Vermouth，把其餘的倒掉，再用它來搖晃攪拌金酒。常說的笑話，當今又重播一次，是天下最Dry的Dry Martini，是喝着金酒，用眼睛來望架上的那瓶Dry Vermouth一下，如果望了兩下，就不夠Dry了。

你的酒吧中，一定要藏的Dry Vermouth裏要有一，Dolin Dry；二，Quady Winery Vya Extra Dry；三，Ransom Dry；四，Channing Daughters VerVino Variation One；五，Contratto Vermouth Bianco和六，Martini & Rossi Extra Dry。

對某些受不了金酒的獨特香味的人來説，可以用伏特加酒來代替金酒，又名Vodkatini，也別以為伏特加都是便宜的，Diva Premium Vodka可以賣到一百萬美金一瓶。

當然你的酒吧不必用到那麼貴的伏特加，當年俄羅斯的Stolichnaya很正宗，現在各國都出伏特加，荷蘭的Ketel One最好了，酒精度可達四十巴仙。波蘭的Chopin也好喝，最流行的是法國的Grey Goose，瑞典

mercato
gourmet
HENDRICK'S
GIN

產的Absolut最為平凡。

我自己的經驗是伏特加既然是原產於俄國，當然喝回他們的，在莫斯科旅行時，發現蘇聯解體後，土豪群出，做的伏特加也越來越精美，比較下來，最好喝的一個牌子叫Beluga，家裏的酒吧有的話，買瓶一千美元左右的就很高級了，記得把這瓶伏特加放在冰格中，它的酒精度高到玻璃瓶子不會爆裂，而且還要時常取出來淋水，讓冰一層層地加厚，直到變成瓶子被冰包圍着成為一團為止。這時拿一個小杯，倒上一杯，喝完之後發現還會掛杯的。

有了酒吧之後，朋友們還是喜歡單一麥芽威士忌的話，先讓他們喝好的，如麥卡倫陳釀，或日本名牌，這只限第一、二、三杯，接下來，他們已經分不出味道時，拿出雀仔牌，這種原名The Famous Grouse的威士忌，質量好到被麥卡倫看上，收買了。普通裝的只賣到一百多塊港幣一瓶。

加冰加蘇打之後，再拿出一瓶上好的Sherry酒，加上那麼一點點，更像是Sherry Oak浸出來的一樣，已經微醉的朋友也會大叫好喝，好喝。

當然，雀仔牌威士忌已是便宜了，Sherry不能省，如果你是孤寒慣了，那麼溝一點紹興酒，它的味道最接近Sherry，想更便宜的話，喝白開水好了，沒人能阻止你怎麼喝的，只是不想和你做朋友而已。

自製雪糕

瘟疫時期不能旅行，困在家裏，日子一天天地浪費，實在不值。這不是辦法，我每一天都要創作，才覺得充實，所以我每天寫文章，至少也練練書法，或向熟悉新科技的友人學習新知識，才會罷休。

每天要做的還有上菜市場，看看有甚麼最新鮮的蔬菜和肉類，向小販們請教怎麼做，然後將菜式一樣一樣地變出來，每餐都是滿足餐。

總之，每天都學習，每天都創作，日子就變得充實，也可以告訴自己，對得起今天了。

最近天氣轉熱，想到吃雪糕來。大家都知道我是一個雪糕迷，市場上有甚麼新款的都會買回來吃，Häagen Dazs之類的家裏冰箱中常有，但是吃了一點也不滿足，它最好的產品是日本做的Rich Milk，因為把牌子賣給了日本製造商，准許他們自創，日本公司做的這種牛奶味濃厚到極點，又有一種紅豆的也非常好吃，但這些大量製造的雪糕滿足不了我，還是手製的好。

至今為止，最好吃的是網友Pollyanna親自做給我的，軟綿得似絲似棉。想起了，忽發奇想：為甚麼不自己做呢？在這段日子，除了可以消磨時間，還能享受到自己喜歡的口味。

思至此，即刻動手。

雪糕的原理，是把牛奶或忌廉混合，放進一個大鐵桶裏面，桶外用大量的冰包圍着，越冷越好，再倒牛奶和忌廉攪拌，久而久之，就變成雪糕。這是我們做小孩子時向小販們買的最原始的雪糕。

明白了原理之後，到店裏去買了一個製雪糕器，所謂雪糕器，先是一個有厚壁的桶，把這個桶放進冰箱的冰格中，凍它一夜，才可以拿出來用。

將牛奶忌廉放進桶內，雪糕機的另一個部份是電動攪拌器，不停地攪拌之下，牛奶和忌廉越來越稠，加上桶壁是冰冷的，雪糕就慢慢地形成了。

為甚麼一定要加忌廉呢？

忌廉這個字由Cream音譯，加上一個冰Ice字，就是雪糕，就是冰淇淋。

忌廉是甚麼東西？忌廉其實是牛奶的皮，把牛奶打發之後，浮在上面那層濃稠的東西就是忌廉了，做冰淇淋不能缺少的。

忌廉打發之後，裏面就充滿泡沫，便會變成軟綿綿。根據這個原理，加上雞蛋黃打出來，用篩網隔出細粒和雜質，雪糕就更香了。這是

Mr Bobo
Freshly made

歐洲式的雪糕做法，美國式的是不用雞蛋的。

買了這個雪糕器，每次做完沖洗起來，非常之麻煩。這時，又像其他的攪拌機、打磨機、切碎機、榨汁機一樣，堆在雜物房中，從此不用。

這時，才開始覺得用手作的好處，如果不用雪糕機，能不能做雪糕呢？

又不是火箭工程，失敗了幾次就成功，我開始用最原始最簡單的材料和手法來親手製作雪糕。

忌廉是缺少不了的，在任何超市都能買得到。這是第一種原料，另外一種是一罐煉奶，甚麼牌子都得，香港人熟悉的是壽星公煉奶。

把忌廉用手拼命打發之後，發現它越來越濃稠，這時，加一罐煉奶進去，再打發均勻，放進一個容器之後拿到冰格冷凍，凍個半小時之後開始形成，這時又拿出來攪拌，再次冷凍，重複三次，就可以不用雪糕機也可以自製冰淇淋。

不過，你如果連這種簡易的方法都嫌煩的話，在我自己製造雪糕的經驗，有一種不會失敗，又不用雪糕機的最易最簡便的做法。

你需要的當然是有最基本的忌廉，加上煉奶，充份的拌勻之後，放進一個密實袋中。買品質最好的「Glad佳能」牌的好了，它有雙重的鎖緊功能，不會漏出去，如果用低質量的，一漏出來就一塌糊塗前功盡廢。

先用一個「細袋」，倒入忌廉和煉奶，封緊之後，放進一個「大袋」裏面，同時加入大量的冰塊，最後封緊，再死命大力地搖晃，不能偷懶，搖了再搖，再搖後又再搖，搖至你用手摸摸，小袋中的忌廉和煉奶開始硬化，這時，你的自製雪糕就完成。

做法一樣，但材料千變萬化，加進抹茶粉，就能做抹茶雪糕，加入豆腐，就能做豆腐雪糕，全憑你的想像力，天馬行空。

只要你一動手，就會發現原來可以如此簡單；等到你加入種種你喜歡的食材，就會發現原來可以如此美味，想吃硬一點，就要搖晃久一點，要吃軟雪糕的話，更是省下不少工夫。

開始做吧！

大家一齊自製雪糕！祝你成功。

玩大菜糕

童年，南方的孩子都吃過大菜糕，有些是混了顏色果汁的，有些只打一顆雞蛋，煮得變成雲狀的固體，是我們的回憶。

現在想起，都會跑到九龍城衙前塱道友人開的「義香荳腐」買，本來很方便，但對方堅持不收錢，去多了我也不好意思，只有自己做。

最容易不過了，市面上賣着各種大菜糕粉，煮熟了不放冰箱也會凝固，親自做起來，總覺得比店裏美味，但不動手又不知其難，以前買了大菜糕粉，泡了滾水，就以為會結凍，但永遠是水汪汪不成形，原來大菜糕粉沒有完全溶解，失敗了。

又不是火箭工程，我當今的大菜糕相當美味，樣子又漂亮，其實只是多做了幾次，多失敗幾次罷了。

先買原材料，從前的雜貨舖都賣一絲絲，比粉絲更粗的大菜絲，煮開了即成，現在大家不自己做，雜貨店也不賣了。

到處去找，也必須正名。香港人以粵語叫成大菜，台灣人受福建影響，叫成菜燕（吃起來有窮人燕窩的感覺）。傳到南洋，也叫菜燕，有時又倒過來叫成燕菜，總之慣用了就是。

製成品日本則叫寒天，原料叫天草，做成一吋平方的長條，近年則多以粉末來出售。本來洋人不會用，近年也開始入饌了，叫的是印尼文Agar Agar，當今這名詞已成為國際性的叫法了，去到外國食品店，用這個名字不會錯。

Agar Agar粉很容易在印尼雜貨舖找到，去到泰國雜貨舖，也賣「博信行兩合公司」的特級菜燕，但沒有外文説明，怎麼做只靠經驗。

除了香港的蛋花大菜糕之外，最常做的是泰國的椰漿大菜糕，上面是白色的一層，下面是綠色的，以為做起來麻煩，原來非常容易。

買一包印尼「燕球商標」的燕菜，畫着一地球和一隻燕子的，再把不到一公升的水煮滾，下一整包燕菜精，必須耐心地等到全部溶解才能成功。

沸時順便煮香蘭葉，水會變綠色，要是買不到新鮮的香蘭，只有下香蘭精了。

這時就可以下椰漿，新鮮的難找，買現成的紙包裝或最小罐的罐頭椰漿倒入，順便加糖攪拌，糖要加多少隨你，怕胖少一點。

必須注意的是椰漿不能煮滾，一滾椰油就跑出來，有股難聞的油味，忌之忌之。

這時就可以放入冰箱冷卻。很奇怪地，椰漿和大菜的分子不同，就

會浮在表面，也不會因為混了香蘭汁而變綠。上下分明，大功告成。你試試看吧，這是最容易做又難失敗的做法，連這種工夫也不用花的話，到店裏買好了。

但是一成功你就會發現一個天地，可進一步做芒果奶凍和紅豆大菜糕。原理是一樣的，書上說的多少大菜糕粉和多少份紅豆，都是多餘的，全靠經驗。有時過軟，有時太硬，做了幾次就掌握，總之是熟能生巧。

比例試對，硬度掌握之後，食譜就千變萬化了，別以為只有吃甜的，鹹的大菜糕也十分美味。

鹹的食譜，一般用的是啫喱粉，即是由豬皮或牛骨提煉出來的，屬於葷菜，大菜用海藻提煉，屬於素的，這點要分清楚，別讓拜佛人吃了罪過。

鹹的大菜糕混入肉汁，牛的魚的都行，凝固後切成小方塊，加在魚或肉上面，增添口感。

也可以添入雞尾酒中，像把香檳酒倒入切成小方塊的茉莉花大菜糕中，這是何種高雅！

加水果更是沒有問題，大菜榴槤你吃過沒有？我最近就常做，買一個貓山王，吃剩了幾顆，取出榴槤肉，混了忌廉做大菜糕，香到極點。

至於用花，最普通的是桂花糕了，到南貨店去買一瓶糖漬桂花，加上大菜，放進一個花形的模子裏面，做成後上面再放幾顆用糖熬過的杞子。

越做越瘋狂，有時我把幾種不同的凍分幾層，最硬的香蘭大菜放在最下面，上面一層櫻桃啫喱，另一層用甚麼都不加的愛玉，這是台灣的一種特產，帶有香味，可以買粉末狀的來做，最好是由愛玉種子水浸後手磨出來，它最軟，可以放在最上層，最後加添雪糕。

當今夏天，盛產夜香花，本來是放在冬瓜盅上面吃的東西，也可以用糖水焯它一焯，待大菜在未凝固之前把一朵朵的夜香花倒頭插入，最後翻過來扣在碟子上，這時夜香花像星星般怒放，看了捨不得吃。

超出常理

黃魚賣到幾千塊一尾，這已超出常理，你去吃吧，我絕對不當傻瓜。

一餅來路不明的普洱也要賣到天價，這已超出常理，你去喝吧，我絕對不會當傻瓜。

一頓在日本很容易吃到的懷石料理，要付五六千塊，這已超出常理，你去吃吧，我絕對不會當傻瓜。

但是絕對很多人肯出這個價錢，甚麼人呢？暴發戶呀，越貴越好。

為甚麼引誘不到我？因為我年輕時都試過，有甚麼了不起呢？要這個價錢？值得嗎？

我不是說凡是天價的東西都不能買，一瓶八二年的滴滴金Château d'Yquem，由金黃變為褐色，如果你付得起，就買吧，就喝吧，這是物有所值的，外國的拍賣行不會胡來。

一尾十幾萬到數十萬的忘不了河魚值不值錢？忘不了只是價錢忘不了，牠的親戚像蘇丹魚、丁加蘭魚、巴丁魚等等，同樣肥美無骨，這才吃得過。而且所謂的忘不了，野生的幾乎已經絕種，能買到的多數是飼養，冰凍得像石頭的，吃起來一股臭腥的次貨，大家看到了價錢，不好吃也說好吃，證明自己不是傻瓜，何必呢？

鮑參肚翅又如何？早年我們都以合理的價錢吃過兩頭的日本乾鮑，味道好嗎？好！目前的天價次貨充斥，你去吃吧。

海參做得好的話還是吃得過，但有多少廚子能勝任？有些師傅連發海參也不會，吃出一股腥味，不好吃。

花膠最欺人，當今市面上的都是莫名其妙的魚肚，花膠的名字也對不上，吃了有益嗎？不見得吧！

昔時的花膠可當藥用，專治胃疾，但也要懂得去找，多數消費者買到的都不是正貨。

至於魚翅，為了環保，不吃也罷了。

我被請客，上桌一看這幾樣東西，就想跑開，連蒸一尾貴海魚我都不想吃，最多撈一點魚汁摻在白飯中扒幾口。

貴的東西如此，連便宜的食材也是一樣的，一打起風，芥蘭菜心貴出幾倍來，值不值得去吃？我為炒不漲價的洋蔥也是可以吃上幾餐，何必和別人爭呢？

「你都試了，可以說風涼話，我們呢？」小朋友問。

是的，人的慾望是無窮盡的。魚子醬、黑白松露、鰻魚苗、鬼爪螺

等等等等，未到千般恨不消，吃過了才可以說原來如此。

但當今都已成天價，誰吃得起？皇親國戚、地產商吃得起。在他們眼中的千百萬美金，不過是我們的三五千港幣，這些人吃得起，但他們未必懂得吃，捨得吃。

抗衡這些慾望，只有知足二字。

偶爾犒賞自己是應該的，不然做人做得那麼辛苦幹甚麼？窮兇極惡地吃就不必了，也會吃出病來。

人生到了另一個階段，就會還歸純樸，一碗香噴噴的白飯，淋上豬油和上好豉油，比甚麼超出常理的貴食材好吃得多。

倪匡兄最記得的是初到港時吃的那碗肥叉燒飯，這倒是可以百食不厭的，好東西並不一定是貴，而是看你怎麼花心機去做。

順德人做的叉燒，用一條鐵筒，穿過半肥瘦的肉，再注入鹹蛋黃，聽到了也流口水。

家裏花時間後煮來的老火湯也讓人喝得感動，當今還加了新花樣，做西洋菜湯時，先把大量的西洋菜放進煲中煮，再用同等份量的，拿打磨機打碎後放入湯中，味道就特別濃厚了。做白肺湯時，雪白杏仁也是同樣處理。

煎一塊鹹魚，也是天大的享受，當然得買最好的馬友或曹白，雖然貴，但那麼鹹的東西你能吃得多少？連小塊鹹魚的錢也不肯花，只有吃麥當勞了。

吃遍天下，像是年輕人的夢想，但是世界有多大你知道嗎？讓你活三世人也吃不遍。

有這種志氣是好的，才有動力去賺錢，不偷不搶，賺夠了你就去吃你沒吃過的東西，你自己付出的努力，是應該讓你品嚐的。

有能力吃是件好事，但要吃得聰明，不是那麼容易，吃東西也要聰明嗎？絕對的，不吃超出常理價錢的東西，就是吃得聰明的開始。

讓你能吃遍了，最後還是會回歸平淡，平淡的東西，永遠是便宜的、合理的、永遠是最好吃的，永遠不會超出常理。

鹹魚醬吃法

在疫情之下，見許多公司或餐廳一間間停止營業。我反其道而生，開了一家工廠，在香港專做醬料，除了鹹魚醬，還有菜脯醬、欖角醬等等，樂此不疲！

今天有雜誌來訪問，希望我提供一些各種醬料的吃法，我想也不用想，腦海裏已經出現五花八門菜式來。

因為醬料是鹹的，最好是和淡的食材搭配，有甚麼好過鹹魚醬蒸豆腐呢？這道菜在我的手下開的「粗菜館」中最受歡迎，做法簡單，用軟豆腐墊底，上面鋪上一匙匙的鹹魚醬，蒸個三五分鐘，即成。麻婆豆腐賣個滿堂紅，但這碟鹹魚醬蒸豆腐也另有風味，不蒸的話，就把豆腐用鑊鏟壓碎，亂炒一通，鹹魚醬的原料用得高級，自然又香又誘人，沒有不好吃的道理。

總之用淡的食材來炒就行，當今茄子當造，白的紫的都肥肥胖胖，拿來蒸個十幾分鐘，撈起，剝去皮，再用醬料來炒，拌飯，也妙！

醬料做好後送幾瓶給海外的友人，其中一位在法國，就那麼拿來搽麵包，也說好吃無比。當然法棍在法國就像我們的白飯，淋在香噴噴的白飯上也行，甚麼菜都不用炒了。

在意大利，朋友鋪在意粉上面，說做給意大利丈夫吃，也翹起拇指，他們一向用醃的江魚仔來拌各種意粉，當然沒有馬友鹹魚那麼香，當然吃得慣了，不過這位先生還是要放很多芝士粉，說更美味。

想起來，我們用鹹魚醬就像他們的芝士，味道越濃越覺得香。

鹹魚蒸肉餅一向是最傳統的家鄉菜，但到底最美味是那塊鹹魚還是那塊肉餅？分開來吃各自為政，如果做成醬料拌在一起蒸，更是適合。要求更高的變化，豬肉碎中還可以加些田雞肉，就更甜美了。口感方面，可加馬蹄碎、黑木耳絲，很有嚼頭。

生死戀這道菜是用新鮮的魚和鹹魚一塊蒸，但用鹹魚醬來代替，愛得更濃。

炒青菜的變化也多，最美味是用蝦醬來炒通菜，吃厭了可以用鹹魚醬來代替，濃味不減，反而有了細膩的香氣。不炒通菜的話，炒菜心，炒芥蘭都行，以我的經驗，炒時加一小匙砂糖，就更惹味了。

峇拉醬炒通菜，南洋人叫為馬來風光，鹹魚醬炒通菜，可以叫為懷念香港。

更簡單的是用管家做的麵，這位朋友的生麵用塑膠紙包着，一團團加起來成一頓，一頓頓拍賣的，但喜歡的人太多，怎麼做也不夠賣。

蔡瀾鹹魚醬
Made in Hong Kong
香港製造
Made in Hong Kong

他製麵真的有他一套，很容易煮熟，但煮久了也不爛，我向他說不如製成乾麵，他要求嚴格，一次次地試做，兩年後卒之研究成功，當今做的乾麵有多種種類，我最喜歡的是他的龍鬚麵，細得不得了，水滾了放下去煮，四十秒就熟，想更有嚼頭，二十秒就撈起，有意大利人的Al Dente口感，翻譯成中文——是「耐嚼」的意思。

用龍鬚麵煮二十秒，撈起，再用鹹魚醬來拌，是我常吃的早餐。

有時炒飯，沒有香腸或蝦，其他甚麼食材都缺乏時，我用冷飯炒熱，等到飯粒都會跳起來時，打兩個蛋進去，讓蛋液包住飯粒，呈金黃色，再炒幾下，加鹹魚醬進去，其他甚麼調味品都不下，味道已經足夠。

把順德菜變化，像他們的煎藕餅，下鹹魚醬煎之，也是新的吃法。

我們做的欖角鹹魚醬，用的是最好的增城欖角。欖角這種東西最惹味了，但來歷不明的欖角用來或會有點擔心，我們採用的是喜叔供應的，與喜叔的交情從他的「喜記炒辣蟹」開始，也有數十年。他做得非常成功，在家鄉增城買了多畝地種橄欖，用他生產的最放心了，精選過後才拿來給我。

欖角醬的做法變化也無窮，最基本的是蒸魚，便宜的淡水魚味道不夠濃，最適宜用欖角來蒸。做法簡單，把小販劏好的鯪魚沖洗乾淨，鋪些薑絲，再淋一兩匙欖角醬，蒸個五分鐘即成。

菜脯醬是另一種很受歡迎的醬料，就這麼吃口感極佳，清清爽爽，最能殺飯。做起菜來，馬上想到的是菜脯煎蛋，鍋熱了下幾匙菜脯醬，它本身有油，連油也不必下了，等到油燙冒煙，打兩三個蛋進鍋，蛋要生一點的話即刻撈起進碟，怕太生則可以煎久一點，等到有點發焦就更香了。

單身女子的家裏的冰箱，除了化粧品之外甚麼都缺，有時可以找到一個遺忘了的洋蔥，也能做一碟好菜，只要有鹹魚醬、菜脯醬或欖角醬，把洋蔥炒熟就行。

做各種醬給諸位吃都是替大家省去麻煩，如果複雜起來就失去原意，鼓勵大家就這麼吃好了，甚麼都不必加了。但用它來做上述的各種菜式，男朋友一定會感嘆你是一個好廚娘！

疫情中常吃的東西

瘟疫這段日子，鎖在家裏，做得最多的事，當然是燒菜了。

蔬菜炒來炒去，最多的是菜心和芥蘭，幾乎是天天吃，天還熱，長不出甜美的芥菜，不然我也甚喜歡吃的，夏天當然是吃瓜最妙，常炒絲瓜，粵人聽到「絲」，其音似屍是不吉利，改稱之為「勝」，勝瓜也是吃得最多的。

提起勝瓜，就想到台灣澎湖產的，其味濃，又香甜，量很少，貴得像海鮮，香港的沒那麼好，可以烹調法補之。怎麼炒？先刨去外層，切成大塊的三角形備用，另一邊把蝦米滾水泡浸，水別丟掉，留着等下用，另外泡粉絲，有時間用冷水，沒時間用熱水。

鍋熱下油，把蒜頭爆香，下擠乾水的蝦米。記得用高級貨，否則不香不甜。把蝦米爆香後就可以放絲瓜去炒了，絲瓜會出水，但不夠，可以撥開絲瓜加浸蝦米的水，然後把粉絲放進去，怕味精的人可以加一點糖，下魚露當鹽，上鍋蓋。

過個兩三分鐘，菜汁被粉絲吸掉，再翻炒兩三下，便能起鍋，一碟美好的炒絲瓜就完成了，多做幾次就拿手，不是很難。

說到下糖，有許多人不喜，說甜就甜，鹹就鹹，哪裏可以又甜又鹹的？吃慣上海菜的人一定不怕，他們的料理多是又鹹又甜還要又油的。

同樣的炒法可以炮製水瓜，還有葛類。把沙葛切絲後炒之，又甜又美。不這麼炒，可下雞蛋煎之。同樣的，炮製苦瓜炒苦瓜，一半生苦瓜，一半焯過的苦瓜。或用鮮蝦來炒。或下大量黃豆煮湯，記得放些潮州鹹酸菜來吊味，沒有的話用四川榨菜片也行，加點排骨，是很好的夏

urmet
Paradisocarni

Mercato
ITALIAN CHEESE

天湯水。

簡單的紅燒肉吃久了未免單調，做個紅燒肉大烤吧。所謂大烤，就是加墨魚進去煮，鍋中放水焯五花肉，墨魚洗淨備用。下油、熱鍋、加些薑蓉、小米椒煸炒，待煸出油放墨魚翻炒，加花雕、老抽，小火燜四十分鐘，加冰糖大火收汁，完成。

甚麼？又鹹又甜不算，還要又魚又肉？是的，海鮮和肉一向是很好的配搭，韓國人也知道這個道理，在煮紅燒牛肋骨時，最地道的方法也是加墨魚進去。

海鮮是海鮮，肉是肉，一般不肯嘗試的人總跳不出這個方格，失去不少飲食的新天地。

海鮮加肉最易炒了，美國韓籍大廚張錫鎬的餐廳Momofuku的名菜，就有一道把豬腳燜了，切片，用生菜包着，裏面有泡菜、辣椒醬、麵豉醬、蒜頭、紫蘇葉，最厲害的是加生蠔，一加生蠔，這道菜就活了，我最近常用這個方法來做，可以殺飯。

生蠔入饌的還有澳洲的Carpetbagger，一大塊牛扒，用利刀橫割一個洞，將生蠔塞進去再煎，是我唯一欣賞的澳洲本土料理。

最近常做的還有各種意大利菜，發現了分域碼頭裏的意大利超市Mercato Gourmet之後，便經常光顧，裏面有數不盡的意大利食材，價錢十分公道，買來自己做，比上餐廳便宜多了。

最基本的是意粉，那麼多的選擇下，哪種最好？各人有各種口味，我喜歡的是一種扁身的乾麵叫Marcozzi di Campofilone，下了大量的雞蛋製作，水滾了下點鹽，煮個三四分鐘即熟，味道好得不得了，不知道比大量生產的美式乾意粉好吃多少倍。

醬汁當然由自己調配最佳，店裏有賣一包包現成的各種醬，意大利廚師親自做的，最正宗不過。我喜歡的是一種羊肉醬，買回來加熱後淋上方便得很，在餐廳吃的多數下太多的芝士，只有意大利人才愛吃。

醬汁之中，沒有比下禿黃油更豪華了，連意大利人吃了也翹起拇指。店裏也賣各類的烏魚子，不比台灣的差，大量地刨在意粉上面，吃個過癮。

一條條的八爪魚鬚是冰鮮真空包裝的，打開後煎一煎就可以切開來吃，一點都不硬。但最好的是買到新鮮的小墨魚，每個星期一入貨，在下午買些回來煎一煎即可以吃，鮮甜得不得了，簡直可以吃出地中海的海水味道來。

頭盤來些龎馬火腿，一百克好了，再在店裏買一個意大利蜜瓜，比日本來的清甜，又便宜得多。吃出癮來，再切一百克的豬頭肉下酒。

那麼多的橄欖油，不知道哪種最好，由店員推薦好了，推薦了一瓶

Frescobaldi Laudemio，的確不錯。認清了牌子，不再買錯了。

番茄的種類很多，有些樣子和形狀都在香港罕見，我介紹你一種黃顏色，比乒乓球小一點的，甜得可以當水果吃。

最後，還買了一大罐大廚自己做的雪糕，下大量新鮮雞蛋，滑如絲，拿回到家裏剛好溶化，勝過自己做了。

算賬時看到架上有雪茄出售，是Clint Eastwood在西部片中常掛在嘴邊的那種，粗糙得很，但也有說不出的風味，扮扮牛仔英雄，非常好玩。

活在瘟疫的日子

韓國電影之榮光

二〇二〇年第九十二屆奧斯卡金像獎上，韓國電影《上流寄生族》斬獲最佳影片，是第一部非英語片得獎，最佳導演、最佳原創劇本、最佳外語片四個大獎，大家都感到驚奇，我一點也不覺得意外。

有韓國朋友的人都知道他們是一個刻苦耐勞、奮勇上進的民族，不但在電影，其他方面如電腦科技，甚至於化妝品，一一躋上國際舞台，都是多年來的血汗。

我最早與韓國接觸的是在六〇年代第一次赴漢城的旅行，愛上他們的食物，喜歡上他們的熱情，接着因為工作關係，與韓國結下不斷的情緣。

亞洲電影的成熟，令日本、香港、韓國、菲律賓、馬來西亞諸國團結，組成了亞洲影展，各地扣除了版權的買賣，也加強了彼此的合作。

最早來的是申相玉導演，他本人在六十年代已領導韓國電影界，有自己的製作公司和團隊，加上外國電影發行。在影展中與邵逸夫先生混得很熟，提出許多合作的計劃，邵氏也樂意接受，別忘記那是香港電影的黃金年代，拍甚麼賣甚麼，影片是靠量不靠質的。

最初各方出演員的方式，像林黛演妲己，申榮鈞演紂王的《妲己》（1964），成績平平。見韓國片拍得又快又省，邵逸夫先生向申相玉說：「乾脆由你派來一群韓國導演，專拍香港片好了。」

結果就是鄭昌和，他受過好萊塢技巧的嚴格訓練，鏡頭交代得有紋有路，絕不胡來。第一部拍出的《千面魔女》（1969）成為第一部出口到歐洲的電影，後來的《天下第一拳》（1972）更是在美國主流戲院上

映的片子。

金洙容導演的《雨中花》，也是很優秀的文藝片，那時一群韓國人，因飲食習慣，在同住的一棟大廈中，大家自作韓國泡菜，蒜氣熏人，受到鄰居投訴的事，記憶猶新。

申相玉每次公幹，都找我聊天，因為他是東京藝大畢業，我們可以用日語交談，成為好友。我每次帶隊去韓國拍電影，都是他大力支持。

人已過世，有些秘密可以透露，傳說中他也是繼他太太崔銀姬被北韓綁去之後，也隨着綁他。其實並不盡然，他去北韓，是自願去找他太太的，臨行前還向我告別。

在韓國拍電影時，申相玉給我的隊伍，都是刻苦奮鬥，熱愛電影的工作人員，每天的工作餐，只有泡菜和湯，我加餸，也遭申相玉反對，說不可破例寵壞。

看着他們爬高山、耐風雪，幾十斤重的燈光器材一一搬上，早起晚歸，男男女女，一點也不抱怨。戲拍完後痛飲馬格利土炮，大唱《紅色圍巾》主題曲，流着熱淚。當時我已經知道，這麼愛電影的人才，總有一天會出人頭地。

韓國經濟起飛後，三星集團也派多位公司領導來嘉禾，要求學習，但決策人都因成龍片忙於賺外匯，沒有理會他們，不然又有另一番成就。

早年的韓國電影市場，戲院上映的都是台灣片子，因為哭哭啼啼的主題很被接受，邵氏拍的《珊珊》，也成為韓國史上最賣座的片子之一。

後來有了《獨臂刀》，更喜動作片，可惜這不是韓國電影的主流，動作片並不容易拍，需要一貫的傳統，像美國人拍歌舞片一樣，不是說拍就拍得了。但這也不讓他們氣餒，把吳宇森的片子研究又研究，終於成功地拍了許多打鬥戲，因為演員都當過兵，受得了拳打腳踢，也成功地拍了不少。

刀劍片方面，韓國人把胡金銓的電影學了又學，結果拍出全度妍主演的《俠女：劍之記憶》，得到胡金銓的真髓，比許多中港電影還要傳神。

時裝片上，當然是《我的野蠻女友》（2001）發揚光大，培養出全智賢來，大家都説韓國女人都是整容出來的，但是全智賢一點也沒整過，全自然，紅到現在。

其他女演員也擁有一般韓國女人的烈女個性，為了演好角色甚麼都肯幹，好像全靠演技的全度妍，常拋身出去，説脱就脱，也不受觀眾歧視。

自己國家的市場已可以支撐整部片的製作費了，許多大機構如三星和樂天，更在好萊塢片上作重大的投資。

奉俊昊的成長，也靠製作人的膽識，拍過《末日列車》（2013）和《玉子》（2017）等，摸熟了好萊塢片的模式而得到的國際門路。

韓國人投資的外國片，當年有張藝謀的《英雄》，但並非每部成功，後來的《長城》就一敗塗地，但他們屢戰屢敗，屢敗屢戰，外國片投資不成功，投資韓國本土電影，最成功的有《軍艦島》、《大虎》、《三個傢伙》、《暗殺》、《颱風》、《登陸之日》、《龍之戰D-War》等等，全憑製作人的一腔熱血，就像全球經濟泡沫爆裂時，韓國人民把家中的金銀珠寶完全貢獻一樣。

談談西片走向

《愛爾蘭人》一在Netflix出現馬上搶先看了。唉！老矣，老矣，再大的明星掛帥，也救不了導演馬丁史高西斯，黑社會片總得打打殺殺，血腥場面是觀眾期待的，戲中一槍了事處理，都是遠景，一個特寫也沒有。

這也行呀，法國片老早已熟弄此套，至少有浪漫；平鋪直敍也非不可，但從頭到尾都像演員一般疲倦，觀眾已經打瞌睡。

昆倫天奴的心態更老，連亂剪的手法也不玩，壓軸戲的艷星被殺也不肯描述，只拍替身與主角的情感，不是大家想看的，弄個配角獎算是給面子。

好萊塢電影有好萊塢的遊戲規則，那就是觀眾想看甚麼就給甚麼，當今大家都愛看漫畫式的，批評它幹甚麼？賣座才是王道。但也不是每一部都要按此方程式去做，不然總有一天會看厭。

接着怎麼走呢？

大賣座電影的《神奇女俠 Wonder Woman》的導演Patty Jenkins，《Marvel隊長 Captain Marvel》的Anna Boden都是由女性導演，還有一個又聰明又漂亮的Greta Gerwig導演了《小婦人 Little Women》，都證實了她們的功力。

女性導演變成燙手山芋，一大堆她們的電影，像Lorene Scafaria的《Hustlers》、Olivia Wilde的《Booksmart》、Lulu Wang的《The Farewell》、Melina Matsoukas的《Queen & Slim》、Liz Garbus的《Lost Girls》、Cathy Yan的《Birds of Prey》、Janicza Bravo的《Zola》、

Eliza Hitman的《Never Rarely Sometimes Always》等，都等着出爐，好萊塢的製片人把希望放在她們身上。

當紅炸子雞人人讚，失敗的例子沒人提。用了四千八百萬美金拍的《神探俏嬌娃 Charlie's Angels》（2019）不止在美國沒人看，連大陸市場也慘敗，全球收入只約製作費的一倍。哥倫比亞投資了這部戲，應了英語中的一句成語：Lost his shirt連恤衫都輸掉。

為甚麼計算精明的好萊塢製片家們會作這種決定？完全是迷信「當今已是女人的世界」這句話。

主角完全是女人，連導演也是女人，Elizabeth Banks是誰？就是戲中演女天使的上司。她多年來在好萊塢電影圈打滾，演過許多戲的配角，像《饑餓遊戲》、《蜘蛛俠》等等。

為甚麼會選中她？初當導演的《歌喉讚 Pitch Perfect 2》，以

HOLLYWOOD

二千九百萬預算拍，卻收到二億八千萬的票房，算是一個奇蹟了。

這部戲全女班演出，讓哥倫比亞認為可以賭上一鋪，反正全女班當紅，不會輸到哪裏去，加上一個紅極一時的女主角克麗絲登史超活Kristen Stewart作保證，更是信心十足。

而且，《神探俏嬌娃》本身是七十年代最受歡迎的電視連續劇，一共拍了五季，一百一十五集，故事是一個從不出現的上司，匿名為查利，通過傳音機發出指令，把旗下的三個女間諜叫為「天使」，去消滅種種罪案，看得觀眾如癡如醉。

劇中女主角之一的Farrah Fawcett的一張照片，穿着半露酥胸泳衣，一頭蓬鬆凌亂的金髮，露牙對着鏡頭笑，成為歷史上賣得最多的海報。

加上在二〇〇〇年把電視片劇拍成電影，由Cameron Diaz、Drew Barrymore和Lucy Liu當天使，賣個滿堂紅。

好萊塢見好就拍續集，《Full Throttle》（2003）由同班人馬上陣，加添Bruce Willis、Demi Moore、Carrie Fisher、Shia LaBeouf助陣，結果全球得到二億五千九百萬美金。

這種紀錄增加哥倫比亞信心，在二〇一五年已經宣告再次重拍，由Elizabeth Banks當導演，但到了二〇一八年才開始拍攝。

最初的角色本來選了Jennifer Lawrence、Emma Stone和Margot Robbie，這個組合再怎麼壞也不會失敗，但預算問題，或導演太過自信，選了Kristen Stewart擔當，另一個是身高六呎的黑人演員Ella Balinska和阿拉丁神燈的Naomi Scott，當然導演也演了一份當保險，免得被中途換人。

Kristen Stewart拍的《暮光之城》一連四部，成為連篇鉅作SAGA，但後來她只選半昏迷狀態拍一些小本獨立製片，以證實自己是一個知識分子，拍此片時，她的角色也顯得和影片格格不入，全不用心。

但導演信心十足，在一個訪問中她說：「如果這部戲不賣座，就等於說好萊塢不接受女導演，觀眾寧願看男人導演的漫畫英雄片子，因為這是男人喜歡看的！」

片子拍得不好就是不好，與導演是女人或男人無關。我們不是看輕女人，但是因為導演是女人我們就得走進戲院，也是荒唐到極點的理論，她說的名言已成為電影界的大笑話，會一直被引用下去，哈哈哈哈。

電影主題曲

我在社交平台「微博」上，有一千零九十三萬位網友，他們都常和我交談，但並非每一位都可以直接來問我問題，要經過包圍着我的一群「護法」，把問題精選過後才傳給我。

這麼做可以預防所謂的「腦殘」來干擾，清靜得多。我也照顧到一些不滿的情緒，每年在農曆新年前開放一個月，甚麼人也好，大家都可以直接與我對話。

這次瘟疫，在家時間多了，就一直開放下去，至今也有四個多月了吧，任何瑣碎事都聊。網友們說我談得最少的是音樂，我對這聽覺上的享受，沒有視覺上的那麼強烈，音樂固然喜歡，但電影還是我最喜愛的，不過在這段時期，可以和大家分享音樂，每天選一首我喜歡的歌，而我愛聽的，莫過於電影和音樂結合的主題曲了。

首選的是《北非諜影 Casablanca》（1942）的《As Time Goes By》，在戲裏面由黑人歌手Dooley Wilson高歌，看過這種雅俗共賞的電影，有誰能忘記這首歌呢？後來更有無數的歌手唱過，包括了法蘭辛那特拉，洛史釗活等等。

忘不了的是《金玉盟 An Affair to Remember》（1957）的主題曲，大家可以聽許多歌手和樂隊不同的演出，當然要聽原電影中的，也可以找到，當今拜賜了一個叫Spotify的搜索器，一查就出現各種版本。電動車Tesla最親民，Spotify已是附屬軟件，很多人都唱過，當然唱得最好的是納京高Nat King Cole。

《綠野仙蹤 The Wizard of Oz》（1939）的主題曲由茱迪嘉蘭唱

出，這首歌已經代表了她，一談起這個人不會不提起這首《Somewhere Over the Rainbow》，她實在唱得太好太有個性，後來的歌手都不敢模仿了。

有時候某些歌不是為了一部電影而作，但是和劇情一配合，一擦出火花，大家都不會忘記，像《人鬼未了情 Ghost》（1990）中用了《Unchained Melody》，當現在這首歌一聽到，腦海裏的畫面就是女的在做陶瓷，男的從背後摟住她。大家都不知道第一次把這首歌唱紅的三個版本，分別有Les Baxter、Al Hibbler和Roy Hamilton，只記得電影中唱的The Righteous Brothers。其實，這首原名《Unchained》的歌，是為一九五五年同名的電影而作的，是部描述牢獄生活的電影，和愛情或鬼一點關係也沒有。

拜賜於《愛情至上》或《生死戀 Love Is A Many-Splendored

Thing》（1955），許多外國觀眾才知道香港這個地方，電影改編自華裔作家韓素音的自傳，描述一個美國記者（由威廉荷頓飾演），以及一個女醫生（由珍妮花鍾斯飾演）的愛情故事。電影中把清水灣和太平山頂的畫面拍得非常美麗，聽過這片主題曲，就吸引了大批遊客，尤其是日本人來到香港，功德無量。

每年的亞洲影展中，由那一個國家得最佳電影大獎時，大會就奏他們的國歌。有一年由香港得到，大會的樂隊要奏甚麼？義勇軍進行曲嘛，香港還沒有回歸！天佑女皇嘛，好像不應該全給英國人沾光！結果大會樂隊奏起了《愛情至上》主題曲，大家都大聲地拍起掌來。

老一輩的觀眾也許會記得一部叫《畫舫璇宮 Show Boat》（1951）電影，在YouTube上也可以重看得到，裏面載歌載舞的歌曲不少，但讓人記憶的是一個黑人男低音唱的插曲《Ol' Man River》，實在令人聽出耳油。

不管是甚麼年齡，大家都會唱的是一首叫《Que Sera, Sera》的歌，是《擒兇記 The Man Who Knew Too Much》（1956）的主題曲，這是一部懸疑片，由緊張大師希治閣導演，又怎麼和戲搭上關係呢？全因女主角桃麗絲黛是個歌星，希治閣為了捧她的場，讓她唱了這首給孩子們聽的歌，結果劇情大家都忘了，但這首歌還一直被唱下去。

不管你喜歡不喜歡貓王的搖滾，但他唱的情歌總動人心弦，《Love Me Tender》本身和劇情無關，出現在一部西片《鐵血柔情》（1956）中，另一首《Can't Help Falling In Love》則是一部叫《Blue Hawaii》（1961）的主題曲，當年的製片Hal B. Wallis要一些牢獄式搖滾，貓王說那是沒腦筋的人的歌，堅持了這首，流行至今。

當然我們也忘不了《珠光寶氣 Breakfast at Tiffany's》（1961）中

的《Moon River》、《畢業生 The Graduate》（1967）的插曲《Mrs. Robinson》、《神槍手與智多星 Butch Cassidy and the Sundance Kid》（1969）中的《Raindrops Keep Falling On My Head》、《紅衣女郎 The Woman in Red》（1984）的《I Just Called To Say I Love You》等等，還有纏綿不去的《俏郎君 The Way We Were》（1973）。

這些片子，也許各位還年輕，沒有人看過，問他們：「到底有沒有一首主題曲是我們也聽過的？」

有，那就是《白色聖誕White Christmas》（1942），它是一部叫《假日酒店 Holiday Inn》的主題曲。你會聽過，你的兒女會聽過，他們的兒女的兒女也會聽過。

單口相聲

越來越不喜歡美國，除了他們的好萊塢電影、爵士音樂和Netflix。

也很受不了西部牛仔式的美國大帝腔，不管多美的少女講出的，都感到刺耳。

最佩服的是他們甚麼都可以開玩笑，連總統也可以公開諷刺，這是世界上任何一個國家都做不到的。

Stand-Up Comedy是美國人的一大專利，其他地方很難學到模仿，要有很高的智慧才能享受得到，也需要對美國流行文化有很深的認識。

整個美國也只有紐約才是個大都會，當然，我說過多次，紐約是紐約，紐約不是美國，紐約人才製作得了像《Saturday Night Live》一樣的節目，除了紐約，美國是奧克拉荷馬、田納西等鄉下、鄉下人，才選得出像特朗普一樣傲慢又無知的總統。

所有的單口相聲，一出來就嘲笑特朗普，他的口音、他的手勢、他的神情等，都最容易模仿。學得最像的是Alec Baldwin，他的諷刺，還常被當成新聞來播出，另外還有一個Darrell Hammond的，模仿特朗普已是他的終身職業，也用此來製作電視專題。

深夜節目的主持人James Corden、Stephen Colbert一出場，必先諷刺特朗普一下，他們的樣子不像特朗普，但是聲調卻能扮得一模一樣，實在需要才華。

另外一個冒牌的是Trevor Noah，這個南非來的喜劇聖手在二〇一五年接手了熱門節目《The Daily Show》，觀眾們並不看好，因為原來的Jon Stewart太過深入民心，認為沒有一個接班人可超越到他。

可是，漸漸地Trevor Noah顯出他的才華，在飽受種族隔離長大的他，道出了無數的其他民族的辛酸，而美國，都是由這些外來的人民支撐下來的。

Noah很有眼光，看中了華裔的單口相聲Ronny Chieng，這位原名錢信伊的馬來西亞華裔媒體人。他一樣在西方社會中飽受歧視，利用了本身的經驗化為深度的諷刺，看着他一步步地成長，實在歡慰。目前，他已有個人的舞台表演，拍成節目後在Netflix播出，非常好看，不容錯過。

單口相聲不是一種容易做到的行業，需要急智，也需要超人的記憶力，他們一個人站在台上一說就是兩個小時，能做到的人並不多。

佼佼者自古以來的Lenny Bruce、Louis C.K.等等，當然別忘記Woody Allen和Steve Martin等電影明星都是這行出身的。

所有的單口相聲中，最厲害的還是Robin Williams。此君學誰像誰，笑話像是他身體的一部份，開口成章，任何嚴肅的場合，只要他一出來，即刻變成一場停不了的鬧劇。

他用的材料是無窮盡的，而且一層又一層地劇烈，加上身體語言，已經進入瘋狂狀態。很多學者的分析，是他一定有可卡因藥物影響之下，才能做得到，但更多人相信，還是他天生的才華，一觸動了就不可休止。

最記得的是他和一個叫Stephen Fry的英國演員一同出場，最初乖乖地坐在Fry身邊，插不進嘴，因為Fry自稱是位學者，又不苟言笑，同時是個同性戀者。過了一陣子Williams終於忍不住，Fry說的學術嚴肅題材他總可以鸚鵡式地模仿，再加入自己獨特的惹笑發言來搶鏡頭，但笑料不低俗，弄得Fry啼笑皆非。

這個片段還在YouTube上找得到，其實Williams的眾多演出已成為經典，都可以從網上找來重溫，是一流的視覺和聽覺上的享受。

可以和Williams匹敵的，有Richard Pryor，大家都知道他要靠藥物才能上台，有次還因用了舊的吸食器爆炸而受傷，另外一群黑人單口相聲的有Chris Rock，還一直在表演，Kevin Hart也是成功的一個。還有已被遺忘的Eddie Murphy，最近他東山再起，但拍的《Dolemite Is My Name》並不好笑。

女的單口相聲也不少，出名的有Joan Rivers、Phyllis Diller等都已是老牌子了。新出來的有Amy Schumer，此姝比起其他胖妞，算是略肥，她拼命搞笑，但並不是天才，所拍的電影也都失敗。

較為顯著的是《Saturday Night Live》的成員Kristen Wiig、Ana Gasteyer和Vanessa Bayer。黑人肥女有Leslie Jones，她實在醜得厲害，

在節目中經常勾引報新聞的Colin Jost，簡直是他的噩夢。

但最瘋狂的應該是Kate McKinnon，她從前經常扮希拉莉，也很像。其實她甚麼人都模仿，令人留下印象的還有學Justin Bieber賣底褲的廣告，也經常調戲她的對手Cecily Strong，揑揑她的乳房，但不猥褻。

單口相聲表演者最難對付的是一群不笑的觀眾，這時要破冰，只有用粗口或性行為來開玩笑，當今觀眾喜歡俗，也沒有辦法不滲入了，但出到這一招，已是最低的最低，但也是最有效的了。

一定需要觀眾的反應，表演者才越說越有信心，也越說越好笑。近來疫情影響，大家只有迫着在家裏做節目，真奇怪，所有高手，也搞不出笑來。

虎王

紀錄片有它的市場，別以為只是小眾，一厲害起來票房不比劇情片差。

記憶中的有《世界殘酷物語》，由意大利人在六十年代拍的，一片數集全球狂熱。片中都是震撼觀眾的畫面，還有一場用手槍打死一個非洲人，一個鏡頭直下的場面，殘忍異常，滿足嗜血的群眾，可惜趣味低級。

拍得優雅的是五十年代法國人Jacques Cousteau的《沉靜世界 The Silent World》，看得人如癡如醉，讚嘆不已，至今還是沒有一部紀錄片能夠超越。

經濟起飛之後，最多人看的還是美食節目，各類型的異國風情，林林總總的食材，各國的名廚，一部拍完又一部，不乏觀眾。

拍得最突出的當然是《舌尖上的中國》，全國觀眾無數，版權賣給上百個國家，是個奇蹟，當然是有國家的撐腰。一種食物，花上春夏秋冬去拍攝，很少有其他紀錄片有這麼不計成本。

但是說到破天荒紀錄的還是一部叫《虎王 Tiger King》的，在Netflix播出，官方的中文譯名叫《養虎為患》，在播出十天之內，就有三千四百萬個點擊；至今觀眾逾六千四百萬，數字是空前的。

是怎麼一回事？我起初也是好奇地點擊了一下，乖乖不得了，這一看便被迷上，不休不眠地看完八集，一共約七個小時。

老虎的紀錄片很多，怎麼會那般吸引人？魅力在於這真人真事的事件中，出現了眾多的人物，每一個都離奇，沒有一個編劇寫得出那麼精彩。

主人公叫Joe Exotic，當然是藝名，Exotic這個字在詞典中可作Foreign、Strange、Unusual、異同的、外來的、奇特的和不同凡響的。

奇異祖本名Joseph Maldonado-Passage，也是後來自己取的。他是一個身材矮小，略為肥胖的鄉下佬，蓄着八字鬍，身穿牛仔裝束，腰間插着雙槍，滿身刺青，頭上有數不清的鐵環，眼旁有一個，左耳兩個，右耳六個，言論更是語不驚人死不休。

他在奧克拉荷馬州擁有一個巨大的莊園，裏面養了一百八十七頭老虎和其他的大貓科品種，更有老虎和獅子混出來，違反聖經的雜種。

養老虎的是一群另類的人，這種野獸極危險，但也深深地吸引與牠們為伍的人，不是每一個都養得起，都是非富則貴的一群，像沙地阿拉伯的皇親國戚。

祖的樂園叫The Greater Wynnewood Exotic Animal Park，每天吸引眾多的人前來觀看，與小老虎拍照留念，門票、紀念品和其他種種延申物帶來巨大的金額，但最大的收入，還是販賣不為人知的小老虎，每隻可以賣到幾萬至幾十萬美金，不可謂不驚人。

可以養嗎？美國至今還沒有一條法律來禁止，每次有人禁止都受到一大堆鄉下佬反對，像禁止擁有槍枝一樣。

據統計，全世界的野生老虎，包括中國虎、蘇門答臘虎、印度虎等，只剩下三千九百隻，但一個美國，就有被關在籠裏的七千隻那麼多。

紀錄片像劇情片那麼拍，才吸引人，有了主角，一定有反派。在奇異祖的眼中，反派就是一個叫卡露巴斯金Carole Baskin的女人，她也有一個龐大的老虎園，但打正營救貓科動物Big Cat Rescue旗幟，每天收到

BIG CATRESCUE

巨額的貢金，其實她非善男信女，有錢又合不來的丈夫莫名其妙失蹤，又有種種偽改遺囑的蛛絲馬跡，她最大的惡行，還是搶了奇異祖的生意。

養老虎的大男人大多數以老虎為名，擁有眾多的女信徒當情婦，奇異祖是個同性戀者，公開地娶了兩個男同志為妻，用的是大量的毒品來引誘。一個終身相許，至死不渝；另一個以為槍裏沒有子彈，向自己腦袋轟了一槍。

紀錄片頭幾集，一集比一集離奇，揭述奇異祖的崛起，他對卡露的憎恨，甚至到要買殺手令對方死亡為止，不顧一切手段。

在許多對着鏡頭的片段中，他開槍打爆扮成卡露公仔的頭，對她甚麼攻擊都做盡了，近乎瘋狂。紀錄片中還播出他競選美國總統和奧克拉荷馬州州長的種種瘋狂行為。

最後，卡露把祖告上法庭，在一個對同性戀者歧視的州中，當然十九條罪都成立，被判入獄二十二年。

除了這幾個主角，還有數不清的配角，還有一個不男不女的夏威夷人，在鏡頭前被老虎咬斷了一條手臂，但他並不恨老虎，是片中唯一一個真正愛老虎的人，其他的都是以販賣小老虎為目的的。

留着讓大家去看，是個好節目，但是一個看完留下一陣苦澀味的節目。

為《倪匡老香港日記》作序

施仁毅兄的豐林文化出版倪匡兄新書，囑我作序。

我在南洋時，倪匡這個名字早已如雷貫耳，讀過他用許多其他筆名寫的文章，多數發表在《藍皮書》這本雜誌上。

後來去了日本留學，半工讀，替邵氏當駐日本辦公室經理，工作的大部份，是檢查電影的「拷貝」。那時候香港並無彩色沖印，一切片子都要靠日本的「東洋現像所」。印好的菲林，我們行內的術語就叫「拷貝」，是copy的譯音。一部片子最少要印幾十個拷貝，版權賣到東南亞及北美，總量可達數百。

因為對工作負責及認真，每印好一個，我就得看一次，檢查顏色有否走樣？片上字幕對不對戲中人的口型等等等等。這麼一來，每部邵氏的電影都看得滾瓜爛熟，而且每部片的字幕「編劇」都是倪匡，沒見過本人，當然對這個人充滿好奇。

七十年代，鄒文懷離開邵氏，獨立組織嘉禾公司，我被邵逸夫調回香港，坐上直升機，代替了他當製片經理。

當年的邵氏片場簡直是一個城區，裏面甚麼都有，我被安排住進宿舍，二千呎左右的面積，一廳二房，對我這個住慣東京小寓的人來說，算是相當豪華。

對面住的，就是岳華了。岳華早在他去日本拍《飛天女郎》那部片子時認識，他好學，在電影圈內他算是一個知識分子，我們談得十分投機。

岳華第一個介紹我認識的是亦舒，也就是倪匡的親妹妹了。當年她

的文章已紅遍香港，也在邵氏的官方雜誌《南國電影》和《香港影畫》兩本刊物上寫文章，是編輯朱旭華先生的愛將。

亦舒出道得早，充滿青春氣息的她，也符合了十七八歲無醜女的外表。態度很有個性，留着髮尾捲起的髮型。她時常生氣，留給我的印象，是《花生漫畫》中的露西，對任何事都抱怨，一肚子不合時宜，但很奇怪地，對我特別好，可能是我也喜歡看書的關係吧。

「你來了香港，有甚麼事想做的嗎？」她問。

正中下懷，我第一個要求就是：「帶我去見你哥哥倪匡。」

「包在我身上。」她拍拍胸口。

第一個星期天大家放假，她就駕着她那輛「蓮花牌」的小跑車，我坐在她旁邊，岳華自己開另一輛車，三人一齊到了香港海邊的百德新街的一座公寓。

當年還沒有填海，亦舒説倪匡兄一家要買艇仔粥宵夜時，可從三樓由陽台上吊下竹籃子向海上的艇家買，畫面像豐子愷的漫畫一樣。

門打開，倪匡兄哈哈哈哈大笑四聲，説：「你還沒來之前已聽過很多關於你的事，沒想到你人長得那麼高，快進來，快進來。」

後面站着的是端莊的倪太，還有一對膝蓋般高的兒女，姐姐倪穗，弟弟倪震，都長得玲瓏可愛。

住所蠻大的，但已堆滿了雜物，要逐樣搬開才能走得進去。我最想看到的是倪匡兄書桌，不擺在書房裏，而利用客廳，第一個印象是堆滿雜物，其中最多的是收音機，放着吊着的，有七八個之多。

沏好龍井走出來，倪匡兄口邊擔住了一根煙，他説：「從刷牙洗面就要抽，一天四包。」

是的，在書桌旁邊的牆上一角，已給煙熏黃。

煙多，收音機多，還有貝殼多。倪匡兄說：「已經不夠放了，我租了一個單位，就在樓上，用來放貝殼。」

坐在沙發上大家聊個不停，倪匡兄問了我的年齡和經歷之後，向我說：「改天有空印一個圖章給你。」

「甚麼，你也會，我最愛篆刻了。」我說。

他大笑：「救過我，我從大陸一路逃下來，偽造了多張文件，圖章都是我刻的，要不然早就沒命了。」

事後，他答應的事都做到，我收了他一顆，印文寫着：「少年子弟江湖老。」

「肚子餓了，先去買東西，吃飽了就買不下手。」他一說，兩個小孩子歡呼，我們一群，浩浩蕩蕩地走進「大丸百貨」的食物部去。

擠滿了人，當年還設有音樂，客人一面跟着哼歌一面購買，倪匡兄看到甚麼買甚麼，像是不要錢似地，可樂一買就四箱，其他的，都堆滿在我們五個大人的車裏面，他說：「賺了錢不花，是天下大傻瓜，你看多少人，死時還留那麼多財產，花錢真是難事！」

從此學習，倪匡兄的海派出手，完全符合我的性格，第一次見到他，我得到寶貴的一課。

臨離別時，我忍不住問亦舒：「為甚麼倪匡要那麼多個收音機？」

亦舒笑了：「他不會轉台。要聽甚麼台，就開那一個收音機。」

其他妙事，請看新書。

準時癖

守諾言，守時，是父親從小時教我的。

前者很難做到，但我一生盡量守着；後者還不容易嗎？先要一個準確的時計。

鐘錶真靠不住，習慣才是最準。小時候看過一部叫《藍天使》的電影，老教授每天準時上班，廣場中的人士與鐘樓對比，不差一分一秒。一天，時間到了，為甚麼還看不到老教授？等到他出現時，才知道廣場上的鐘塔時間快了，大家又拿出懷錶來校準。

我一直想當那老教授，也一直追求一個完美的鐘或錶，當年世上已有甚麼不必上鏈的自動錶，我要出國留學了，父親買了一個送我，是

「積家Jaeger-LeCoultre」，還有鬧鐘功能。

這隻手錶陪伴了我多年，帶來不少回憶，像亦舒的讚美，喝醉了把錶扔入壺中做雞尾酒等等，都在以前的文章寫過，不贅述了。

遺失後一直想要買回一個，近來在廣告上才看到該公司已復古生產。當懷舊，錶名叫Polaris。六十年代香港最早的的士高也以此為名，得知後一直想再去買一個。想呀想呀，終於忍不住，月前買了一個。

戴在手上，才知道那鬧鐘聲並不像我記憶中那麼響，幾乎聽不見，也忍了。這幾天才發現它忽然停了下來，秒針雖然還在走，但發神經，又快又慢。

記得最後一次用機械錶是看中了電管發光的，在黑暗中可以照到睡在身邊人的面孔，實在喜歡得要死，但這種錶不準。拿去給師傅修理，他回答說：「蔡先生，機械錶都是這樣的，不管多名貴的，一日總要慢個幾秒，加了起來，慢個十分八分，不是怎麼一回事。」

天呀！我這個慢一分鐘都不能忍受的人，怎麼可以不當一回事？友人和我吃飯，遲了五分鐘不見我，馬上打電話來提醒我有約會，因為他們知道我從不遲到的。

還是戴回電動錶去，最準最可靠了。

「星辰」石英錶準得不得了，後來更進一步，生產了電波的，在世界上建幾個發出電波的鐵塔，每天校正時刻，而且還是光能的，只要有光的地方，不管是陽光或燈光，都能自動上鏈。

但是收不到電波的地方又如何？他們再推出了用GPS系統來對時的手錶，本身就是一個迷你收發站，全自動調節時刻，就像iPhone一樣，在世界上任何角落，都能顯示最準的時刻。

「那麼你為甚麼不乾脆買一個iPhone的手錶呢？連心跳也能計算得

出來。」友人說。

當然也買了，但就是不能忍受它的醜。喬布斯說他所有產品都很性感，但怎麼看，所有iPhone手錶都不可能有任何的性感跡象，免了。

還是從櫃子裏拿出「星辰」，國內叫為「西鐵城」的那個舊錶來戴。好傢伙，它一見光，即刻時針秒針團團轉，一下子對準了時刻，可愛到極點。看樣子一大塊，原來用鈦做，輕巧得很。

牆上的掛鐘，本來也用「星辰」，打開盒子，拿到窗口附近一對，它自己會對準，缺點是不完善，用久了就壞，我家已壞了幾個。

「你常去日本，在那邊買個GPS光能鐘好了！」友人又說。但是日本買的在香港用，並對不準。日本電器就是有這個毛病，只產來自己國家用。

還是得靠日本的GPS鐘，跑去香港的「崇光」百貨，那裏有得賣，

是個「精工」牌的，大得很，黑白二色，設計簡單。

我不肯好好看說明書，請店員把它對準，一次過後，再下來它就會自動用電波調節，顯示天下最準的時刻。

掛在牆上，以它為標準來對家裏所有的時計，我的準時癖已經不可醫治，非最準不可。當今看看這個，用它來作標準，知道一分一秒也不會錯，才心安理得。

這個「精工」牌子的掛鐘，並不便宜，要賣到三千多港幣一個，現在只在初用階段，要是今後覺得可靠，再貴也要把家裏所有掛鐘都換成這種產品。

有了天下最準時的鐘錶後，以為天下太平，就開始作起夢來。我的噩夢，多數是大家在火車站等我，我還沒有起身，一看只剩下七八分鐘火車就要開了，趕呀趕，最後一分鐘趕到時，火車提早開出。不然就是等着要交稿，一分又一分，一秒又一秒地跳動，怎麼寫也寫不出一個字來，種種種種，都是和不準時有關。

在現實生活，我約了人，幾乎不會準時，只會早到，一生之中大概只有兩三次讓人家等。如果你是一個被我等上五分鐘的人，那你今天的運氣不好。

玩玩具槍

王力加和李品熹夫婦，為我做了一些玩具，我很喜歡，其中有一個由蘇美璐設計，是用我的造型製成一個可以扭捏也變回原形的公仔，盒中有一張小紙，寫着：「擁有玩具，不會變老。」

是的，我現在身邊還有很多玩具，常玩的有玩具槍。對手槍迷戀，從小開始，是看了西部牛仔片的影響。有人研究，說手槍暗示了生殖器，不夠長就不會喜歡，其實不對，但已無所謂了，讓人怎麼講都行。

當今的玩具槍越來越仿真，用的是圓形的塑膠子彈，以壓縮空氣推出，有個共同的英文名，叫 Airsoft Gun。日本產的最多，台灣也不少。

香港的法律，只要發射力不超過兩焦耳，即屬玩具，所以請大家放心去玩好了。

玩玩具槍有甚麼好處？可以當運動呀！最不喜歡為運動而運動，散步也要有一個目的，最好去菜市場散步，順便看蔬菜向你微笑招手。但年紀大了不運動骨頭會硬，最好是玩玩具槍，把子彈打得滿地都是，一顆顆去拾，彎彎腰，當成運動，最妙了。

旺角有多間玩具槍商店，要買甚麼類型都齊全，我最愛逛了，當然是由西部牛仔槍買起，有多種選擇，槍管的長度也各不同，如果你喜歡「OK 牧場槍戰 Gunfight at the O.K. Corral」的話，研究起來，就知道主角用的十六英吋槍管的Colt Buntline，這把槍型的玩具槍也能買到，手感極佳。

要是喜歡短小精悍的話，撲克版賭徒藏的掌心雷，只有二發子彈的Derringer也很好玩，很受女性歡迎，我在泰國的靶場中看到一個女人，

BANG!

把紙靶搖到最近距離，俗稱Point Blank的，當場擊之，表情過癮之極。

當然最多人買的是Beretta，意大利人不止時裝好看，手槍設計也極其漂亮，這把槍在吳宇森片中出現的次數最多，也是所有電影人最愛的槍械，型號為92FS，當今也在美國生產。

這款玩具槍有全黑的或鍍銀的，裝二十二發塑膠彈，仿真率一流，自動上膛，反彈力也像真的一樣。日本製的價錢三千多港幣，台灣產的幾百塊就有，初入門可由便宜的玩起。

如果是真槍的話，Beretta雖然美麗，但容易卡住彈殼，更可靠的反而是形狀最醜的Glock，由奧地利人生產。奧地利人沒有甚麼藝術細胞，但精確性總是一流的。

自古以來，用轉輪的手槍中國人叫為「左輪」，因為是向左轉，而自動手槍我們叫做「曲尺」，形狀像一把彎曲的鐵尺之故。Glock的樣子是名副其實的曲尺，四四方方，毫無美感可言。

Glock不但精準而且安全，有四組的保險設備：可用拇指手動保險桿，另一種叫扳機保險，非得有意解除，不然絕不會發射。第三是擊針保險，當扳機扣下時，擊針才能撞到子彈。第四為墜落保險，擊針在不扣下時會自動鎖定，即使墜落亦發射不了。

玩具手槍也根據真槍的設計，子彈匣可長可短，一瓶瓦斯可以發多少粒子彈呢？平均一瓶可以打到兩千多粒，當然每支玩具槍的耗氣量是不同的。

最初玩Glock都覺得它很沉悶，後來這家人又出了小型的二十六號，樣子就好看了許多，也開始喜愛上了。

最原始的玩具槍，是我在日本留學時玩的，當年都是生鐵做的，子彈頭可裝小粒的爆炸物，打了會發出巨響，也產生火花，很容易燒傷外層的油漆，打多了就生銹。

當年也不管那麼許多，見有新型的就買，晚上拿了數十支到花園玩槍戰，可能是被鄰居看到了去報警，有天一名便衣探長來到我們的公寓拜訪，也很有禮貌，說要跟我們一齊玩。

哈哈，有志同道合的當然歡迎，把家中法寶通通搬了出來，便要一件件檢查，並問是在甚麼玩具店買的。這傢伙就釋懷了，他說既然那麼喜歡，不如來上一課。

一聽大喜，翌日跟他到警察總部，原來警民關係科還有手槍知識的講解，我們幾個留學生被證實不是恐怖分子之後，他們便拿出真槍給我們玩。

先從把手槍拆除的步驟學起，到子彈的火藥量是多少的測量為止，一一說明學習，過程好玩到極點，最後還發一張上課證明書給我。課後和警察一齊去居酒屋喝上兩杯，樂融融也。

又有一次，到紐約去接收一條院線的發行生意，來了一個人物，要請我吃飯。年紀輕時甚麼都不怕，去就去了，那傢伙拿出一支手槍來，原意是要我不插手，那個地盤是屬於他們的，我不知死活，把他的手槍拿來分解，手法乾淨利落，那黑社會頭子見我毫無懼色，也就把我放過了，現在想起來也覺得好玩，要知道玩多一點，學多了一點，可以保命的。

玩種植

當今的香菜一點也不香，而且有種怪味，這都是為了大量生產改變基因的結果。一直尋求以往的味道，但失望了又失望，直到有一回去參觀了豐子愷故居，回程在一家小餐廳吃午飯時才找回來，原來是他們在後花園自己種的芫荽，之後再也未嘗到。

回到香港也不斷尋求芫荽的種子，發現多數是新品種，還有一些是意大利芫荽呢！本來在日本旅行時鄉下的雜貨店，可種花草蔬菜的種子都有出售，唯缺的是香菜，日本人是不吃芫荽的。

一位很好的朋友有個很稀奇的姓，姓把，叫文翰，他是一個到各深山找尋美食原料，再在網上銷售的人，賣的東西像花椒，也是嚴選出來的，只要咬一小顆，滿口香味，而且即刻麻痹，厲害得很。

我對他極有信心，就向他請求，如果看到中國的原種芫荽的種子，就寄一些給我，經過甚久，日前他到底找到寄來，反正疫情下無事可做，就開始玩種植了。

在網上看到一則廣告，賣室內種植的擺件，叫Smart Garden，即刻買下。寄來的是一個塑膠的長方形箱子，附屬三個小杯子，杯中已下了羅勒種子，只要加了水，插上電，架上的燈就會自動亮十六個小時，其他八小時自動熄掉，製造大自然假象，讓種子生長。盒的下方裝了水，讓所種植物吸收，水一乾有個指示器會叫你加水。

對我這種住在水泥森林公寓中的人，這種室內種植的器具很好用，除了種羅勒之外，我就用把文翰寄來的芫荽種子埋下，之後如何，等下回分解。

現在想起，有花園住宅的人實在幸福，可惜命中注定我沒有享受這種清福的命。

家父就不同，他在中年時買下一座洋房，花園的面積至少有兩萬平方呎，足夠他種所有的花草。

記得剛搬進這個新家，父親第一件事就是把那株巨大的榴槤樹砍下，可惜嗎？

一點也不可惜，因為這株榴槤生長的果實都是硬的，馬來人叫做「囉咕」，長不熟的意思，有時罵人也可以用上。

樹一倒，有很多顆小榴槤，別浪費，我們小孩子當它是手榴彈來扔，把附近來偷其他水果的馬來小孩趕跑。

由鐵門到住宅還有一小段路，上一手屋主種了一棵紅毛丹樹，的確茂盛，所產的紅毛丹集成群，整棵樹被染成紅色。

可惜的又是這棵樹的紅毛丹種不好，非常之酸，又麇集了一群又一群的螞蟻，會咬人的。

家父又將它砍了。環保人士也許會認為不妥，但南洋地方，樹木生長得快，種下新的，不久又是一大棵。

代之的，家父種了又種別的植物，他特別會玩，接枝後有一棵成為大樹的，生長着大樹菠蘿，生長的水果兩人合抱那麼大，裏面的果實有數百粒之多。同一棵樹也長着紅毛榴槤，這是另一種菠蘿蜜，果子沒那麼大，但又軟又香，也是我們小時最愛吃的。

本來土種高大番石榴樹也被鏟除，本來又酸又多核的品種，變為矮樹隨手可摘的，核變少，只剩下一團，切開了整顆番石榴又香又甜。這還不算，爸爸再接上廣東的緋紅色品種，果肉更顯得漂亮誘人。

接枝時我必在他身旁看，只見他把樹枝削去，再把另一株樹的枝幹

剖開插了上去，用繩子綁緊，最後將一堆泥封上，不久便生出根來，可以移植在地上了。過程當時覺得很神奇，想長大了親自動手，但一直沒有機會。

如果我這次種芫荽的試驗成功了，便會跟着種別的，一直想種的還有辣椒，其實也很容易。但來了香港，廣東人說辣椒會惹鬼，雖然我不迷信，但也打消了念頭。

跟着種番茄吧，拿了意大利的種子，種出各種形狀和顏色的來，有的又綠又黃又紅，分隔成圖案，實在很美。

要不然種青瓜吧，也要找到原始的種子才行，當今在市場上買到的都已變了種，連長着疙瘩的那種也不是那麼一回事了。

說到瓜，現在最合時令，可種絲瓜或水瓜。搭個架子種葫蘆最妙了，成熟時可以切絲來炒菜，選個巨大的，曬乾後挖出種子當酒壺，學鐵拐李，喝個大醉。

有了架子我可以種葡萄，遐想金瓶梅那一段，令人發瘋。

我家有個天台，當今只要努力，種甚麼都行，只是少了家父來陪伴，要是能回到過往，和他一起研究怎麼接枝，那是多麼的愉快！

近來常作夢，夢到和父親一起種出一個枕頭般的大冬瓜來，挖掉核，裏面放瑤柱、燒鵝肉、鮮蝦和冬菇來燉，最後撒上夜香花。外層由他寫字，我用篆刻刀來刻，一首首的唐詩，美到極點。

老頭子的東西

日本年輕人不願生育，為甚麼？一切東西都太貴了。當今人口老化，錢還是抓在老頭子身上，他們努力過，錢賺過，儲蓄也多，老本雄厚，雖說當今低迷，但好東西老頭子照買。

看他們電視上的廣告就知道，賣汽車的從來不用年輕男女做廣告，他們買不起。漂亮模特兒賣的，最多是化妝品罷了。還有很多啤酒的，倒是老少都喝，日本到了夏天很喜歡來一杯冰凍啤酒，說是口渴了，到了冬天，也來一杯，說是天氣太乾燥了。

不知不覺之中，我也變了老一輩的一分子，喜歡品質高的商品，貴一點也不在乎，只要是美都買，只要是有永恆的價值，都是我們買得下手的。

從前經過銀座的高級禮品店，進去逛了一逛。咦？這都是阿公阿嬤買的，有誰要這些東西？當今走了進去，才知道好的都收集在那裏。

那黑漆漆的花瓶，為甚麼會賣到那麼貴，原來是備前燒，日本最高級的陶瓷之一，黑色的產品之中，可以看出五顏六色的層次。

備前地區的泥土含有各種礦物質，才能燒得出來，是別的地方沒有的，一旦愛上備前燒，把玩起來，有無窮盡的樂趣。

老頭子會欣賞的也不一定是貴的，像「椿」類的產品，那是山茶花，我們老早知道山茶花油對頭髮的營養是一流的。古時候的婦女拿榨過山茶花籽油的渣滓做成餅狀，要洗頭時掰一塊浸水，是一流的護髮品。日本貨中有山茶花的洗髮水、護髮膏等都曾經流行過。

山茶花盛產之地是一個叫大島的地方，只要說「大島椿」，大家都

KAMEN RIDER

サライ
琵琶湖ホテル

知道。各種產品從前都能買到，當今少了，也罕見，好在香港的「崇光」食品部還在賣，不必老是去日本找了。

山茶花被大化妝品公司資生堂重新發現，大肆宣傳，賣給年輕人洗髮，可惜山茶花油下得極少，效力不強，不如老牌子的好。

有些東西一轉新包裝後效用就大不如前，像很好用的喇叭牌「正露丸」，新裝的加了一層糖衣，聞起來沒舊的那麼臭，但還是原貨的有用，輕至肚子痛服六小粒即止，牙痛起來，塞一粒在蛀牙縫中，神奇地馬上不痛了，我旅行時必備於行李箱中。

慣用的還有他們的牙膏，有一種叫「粒鹽」的，由花王牌生產，其實就是牙膏中加了粒鹽，但的確能防牙周病，也可以止牙齒出血，的確是寶貝。我用了幾十年，可惜當今在東京和大阪的大藥房已經停止出售，要到鄉下的「JUSCO」大型超市才偶而找得到，我不止變成老頭，而且是一個鄉巴佬老頭。

紙媒衰落，大家又可省則省，從前訂的雜誌當不用花錢去買了，一家又一家地關門了。屹立不倒的是一本叫《SARAI》的，專賣給有品味的老頭看，每一期都介紹日本最好產品，也介紹各地美食和溫泉，當然更注重各地的古董、繪畫、工藝品和美術館。

每一期都有一本附冊，由各商家出錢來推銷他們的個性化產品，小冊中還有老人家的工作服，高級睡衣寢具的廣告，但一直是男性用品，最近才推出女士們用的，效果奇佳，小冊中刊的女人廣告也愈來愈多了。

這本雜誌相當大方，常贈送鋼筆、旅行包等，老人家收了都很喜歡，訂閱人數更多。

並非外國人能夠欣賞，介紹的有些是日本人才能了解的，像「落語」日本笑話、能劇和歌舞劇等，只與日本人有緣。

多數會介紹一些日本名畫家、雕塑家、陶瓷家等，還有各地收藏，像刀劍書畫，非常之仔細，一一分析，說明甚麼地方可以看到原作，以及附近有甚麼美食和旅館，讓着迷的人旅行到當地時可以享受一番。

因為讀者多是有錢的，這本雜誌也介紹很多外國的美術館、音樂廳和名畫展，教人怎麼去，住哪裏，和如何入門，怎麼欣賞。

老人家的飲食得注意健康，雜誌中有許多長壽名人的早餐是吃些甚麼，怎麼做，去哪裏買，最早介紹「藜麥 Quinoa」也是這家雜誌。

有許多好東西都是只推薦給當地人的，像豪華的火車旅行，日本人最喜歡火車，對它有種獨特的情懷。三越百貨公司也有豪華巴士的旅行，也只服務老顧客。

老人也是從年輕人變成的，在他們成長過程中接觸過的玩具和漫畫也是專題介紹的重點。

當今我到了銀座也喜歡逛各大百貨公司的七樓或八樓，這裏面賣的杯杯碗碗也是我最喜歡用的。高貴貨之中有一種用錦金屬做的大杯，裝了熱水不會燙手，放了冰塊進去久久不融化，真是神奇。

老人家有老人家喜歡的，年輕人有年輕人愛好的，代溝是免不了，當老人看到他們買舊的又穿洞的牛仔褲，說甚麼也不明白，一直搖頭。

玩出版

我視瘟疫為敵，它來勢洶洶，怎麼打這場戰？

我們不是細菌科學家，發明不了疫苗對抗，但也不能坐以待斃，總得還手。最大的復仇，莫過於創作，每天不做一些事，日子不會白白浪費。一浪費，魔頭就贏了，如果我們能找些有意義的事來消磨時間，就更有意思。

在這段期間，我用書法、烹調、製作醬料來對付，當然也包括閱讀、看電影、電視劇等等。玩得不亦樂乎時，疫魔一步步退卻。

最新型的武器，是玩出版了。

我雖然還繼續地寫，新書不斷地出版，但還有一個區域未涉及的，那就是翻譯了。我以前的文章被翻譯成日文和韓文書，未譯的是英文。一直有這個心願，當今來完成，最適宜不過。但以過往經驗告訴我文字一被翻譯，怎麼樣都會失去味道，翻譯是最難表現的一門功夫。

在這段時期我想了又想，還是不靠別人來翻譯，用自己的文字來寫最傳神。我的英文程度並不夠好，可以應付日常會話而已。多年看了不少英文小說，多多少少學了一點英文寫作方法，但當然也永遠不會比用母語的人強。

不要緊，就那麼寫就是了。

對象者是我的乾女兒阿明，她從小在父母親生活的蘇格蘭小島長大，沒機會接觸到中文，我的書她從來沒有看過，也不會了解我這個乾爹是做些甚麼的，我要用我的粗糙英文來講故事給她聽，也希望我其他不懂中文的友人能夠閱讀得到。

PENGUIN
Hachette
I was the head of prc
Harvest when the bc
called me in his offic
'Get Jackie out of to
received information
gangster group is goi
make a movie."
"Where?" I ask

就此而已。

把這個原意告訴了她母親，我數十年來合作的插圖師蘇美璐，也認為是一個好主意。她建議由住在同一個小島上的一位女作家Janice Armstrong來潤飾，我翻譯過她寫的《The Grumpy Old Sailor》，相信這次也能合作得愉快。

我也寫了電郵給我的老朋友俞志綱先生，他是英文書出版界的老前輩，請教他的意見。俞先生起初以為我想用英文介紹餐廳和美食，認為應該有銷路，並推薦了一些出版社給我，建議我可以先印一千本試試看。

回郵上我說在這階段，名與利已淡然，如果再要去求出版社一定限制諸多，我還是採用Kindle的自助出版方式自由度較大。

當今這種簡稱為KDP的Kindle Direct Publishing已很普通，中文書的出版尚未成熟，但英文的已有一條健康的途徑，在網上一查，便會出現各種介紹，Facebook上更有經驗者口述，仔細地把整個過程講解給你聽。

不過雞還沒生蛋，想這些幹甚麼？

第一步一定要先把內容組織起來，最初的文章，得借助老友成龍了，我把他在南斯拉夫拍戲受傷過程用英文描述，以引起讀者的興趣，人家不認識蔡瀾，怎知道成龍是誰。

再下來是在韓國拍戲時的種種趣事，和我早年旅行的經驗一一寫下來。

我每天花上四五個小時做這件事，每寫完一篇就傳給蘇美璐，再由她交給Janice Armstrong去修改。

有時一些淺白的記載她也來問個清楚，我就知道這是西方人不可接受的描述，就乾脆整段刪掉，一點也不覺得可惜，這像我監製電影時，把拖泥帶水的劇情一刀剪了，導演花了心血，一定反對。我的文章，我自己不反對就是，一點也不惋惜，反正其他內容夠豐富。

Janice一篇篇讀完，追着問我還有沒有新的，我聽到了心才開始安定了下來。

有了內容，才可以重新考慮到出版的問題，俞志綱先生來電郵說在過往十年中，英文書的出版市場已被五大集團吞併，分別為HarperCollins, Penguin, Macmillan和Bertelsmann，最後加上法國的Hachette。不過還有些國際出版的小公司。假設我找到一家英國的，再包他們一千冊的銷售量，合作的可能性就大了。

他還說如果有第一本樣版，不妨考慮去法蘭克福，那裏每年都有一個盛會，期間大小出版商雲集，商談版權轉讓、合作出版、地區發行等等，如果考慮參與的話，一定有所斬獲。

要是沒有疫情的話，也許我會去走走，我的老友潘國駒的教科書出版集團每年都出席，跟他去玩玩也是開眼界的事，但疫情下已不知道甚麼時候可以旅行，這個構想太過遙遠了。

目前要做的是一心一意把內容搞好，在KDP上嘗試也不一定實際，不如請我生意上的拍檔劉絢強兄幫忙，他擁有一個強力的印刷集團，單單一本的書也可以印得精美，等到內容夠豐富時，可請他印一兩百本送朋友，心願已達，不想那麼多了。

只限不會中文的老友

為了出版英文書，這段日子每天寫一至兩篇，日子很容易就過，熱衷起來不分晝夜，我們的「忘我」，日本人稱之為「夢中」，實在切題。

每完成一篇，即用電郵傳送給蘇美璐，再由她發給她島上的作家Janice Armstrong修改，另外傳給鍾楚紅的妹妹Carol Chung，她已移民新加坡，全部以英文寫作和思考，兒女長大較為得閒，經過她的潤色，把太過英語化的辭句拉回東方色彩，這麼一來才和西方人寫的不同。

蘇美璐的先生Ron Sandford也幫忙，美璐收到了文章給他過目，他看完說：「蔡瀾寫的方式，已成為風格，真像從前的電報，一句廢話也沒有。」

當今讀者可能已不知道電報是怎麼一回事了，昔時以電訊號代表字母，像點、點、點是甚麼字母；點、長、點又是另一個，加起來成為一個字。每一個字打完，後面還加一個stop字，用來表示完成。

電報貴得要命，以每個字句來算，所以盡量少用，有多短是多短，只求能夠達意，絕對不添多一句廢話，這完全符合了我的寫作方式。

我雖然中學時上過英校，也一直喜歡看英文小說，電影看得更多，和洋朋友的普通英語對話可以過得去，但要寫出一篇完整的文章，還是有問題的。

問題出在我會在文法上犯很多錯誤，小時學英文，最不喜歡那種甚麼過去詞、過去進行詞等等，一看就頭痛，絕對不肯學，很後悔我當年的任性，致使我沒有經過嚴格的訓練，現在用起來才知犯錯。

好在Carol會幫我糾正，才不至於被人當笑話，我用英文寫時一味「夢中」地寫，其他的就交給Janice和Carol去辦。

最要緊的還是內容，不好看甚麼都是假，但自己認為好笑別人不一定笑得出，尤其是西方讀者，舉個例子，像有一篇講我在嘉禾當副總裁時，有一天鄒文懷走進我的辦公室，看書架上堆得滿滿盡是我的著作，酸溜溜地暗示我不務正業，說：「要是你在美國和日本出那麼多書，版稅已吃不完，不必再拍電影了。」我回答說：「一點也不錯，但要是我在柬埔寨出那麼多書，早就被送到殺戮戰場了。」

用中文來寫就行，一用起英文，Janice就抓不到幽默，本來有一兩段如此，我即刻刪掉，但是整篇文章放棄就有一點可惜。我不知道Janice怎麼不會了解的，Carol就明白，我到底要不要堅持採用，或全篇丟掉呢？到現在還沒有決定，我想到了最後，何必呢？還是放棄好了。

要多少篇才能湊成一本書呢？以過往的經驗，我在《壹週刊》寫的每篇兩千字的長文，編成一系列的書，像《一樂也》、《一趣也》、《一妙也》等等，每一個專題從一至十，出十本書，每湊夠四十篇就可以出一本，以此類推，英文寫的有長有短，要是有六十篇就可以了吧？

我現在已存積到第五十二篇了，要是有多八篇就行。從一至五十二的我隨意寫，想到甚麼寫甚麼，有的寫事件，像成龍跌傷等；有的寫人物，像邂逅東尼．寇蒂斯等；有的寫旅行，像去冰島看北極光等；任意又淩亂地排列，等到出書時，要不要歸類呢？

我寫的旅行文章太多了，只選一些較為冷門的地方例如馬丘比丘、大溪地等，要不是決心刪掉就有好幾本。我那本英文書中絕對不可以集中在這題材上面，所以法國意大利等的，完全放棄。

關於吃的也不可以太多，我選了遇到保羅．巴古斯時請他煮一個蛋

POST OFFICE TELEGRAM
Noted.
TELEGRAM
Received.
TELEGRAM
TELEGRAM
Even better.
For Friends Only.

的經驗，做「料理的鐵人」的評判時又有甚麼趣事，那些，太普通的都刪除。

寫關於日本的我出過至少有二十本那麼多，到最後只選了幾個人物，像一個吃肉的和尚朋友加藤和另一個把三級明星肚子弄大的牛次郎。

電影的文章也太過多了，只要了〈一個怪物叫導演〉和〈李雲奇里夫的假髮〉那幾篇，都是我親身經歷和認識的人物。

剩下的那八篇要寫甚麼，到現在還沒決定，腦海中已經浮現了一篇有關微博上有趣的問答、與蚊子的生死搏鬥和瘟疫中日子怎麼過等等的題材，邊寫邊說吧。

文章組織後蘇美璐會重新替我作插圖，眾多題材之中都是她以前畫過的，現在新的這批，我有信心會比文章精彩，我一向都是那麼評價她的作品的。

如果英文書出得成，到時和她的一批原作畫一起展出做宣傳，較有色彩。

這本書，像倪匡兄的《只限老友》，我的是《只限不會中文的老友》，書若出不成，自資印一批送人，目的已達成。

玩瘟疫

瘟疫這段時間，悶在家裏，日子一天天白白度過，雖然沒有染病，也被瘟疫玩死。不行！不行！不行！總得找些事來做，找些事來作樂，與其被瘟疫玩，不如玩瘟疫。

飲食最實在，一般做菜技巧都能掌握，但從來沒做過雪糕，我最愛吃的冰淇淋，也就做了，時間還剩下很多，再下來玩甚麼呢？

《玩繪畫》

天氣漸熱，扇子派上用場，不如畫扇吧，一方面用來送朋友，大家喜歡，一方面還可以拿出去賣，何樂不為？

書至此，還找到一些工具，那是一塊木板，上面有透明塑膠片，可以把扇面鋪平，然後上螺絲，把扇面夾住，就可以在上面寫字和畫畫了。

好在還跟過馮康侯老師學寫字，老人家說：「會寫字有很多好處，至少題自己的名字，也像樣；不然畫得怎麼好，一遇到題字，就露出馬腳。」

我現在已會寫字，再回頭學畫，可以說是按部就班。向誰學畫呢？當今宅於屋，惟有自學，有甚麼好過從《芥子園畫傳》取經呢？

小時看這本畫譜，覺得山不像山，石不像石，毫無興趣。當今重讀，才知道李漁編的這冊畫譜大有學問，是繪中國畫的基本範本，利用它去學習用筆、寫形、構圖等等技法，從這條途徑去體會古人山水畫的精神。

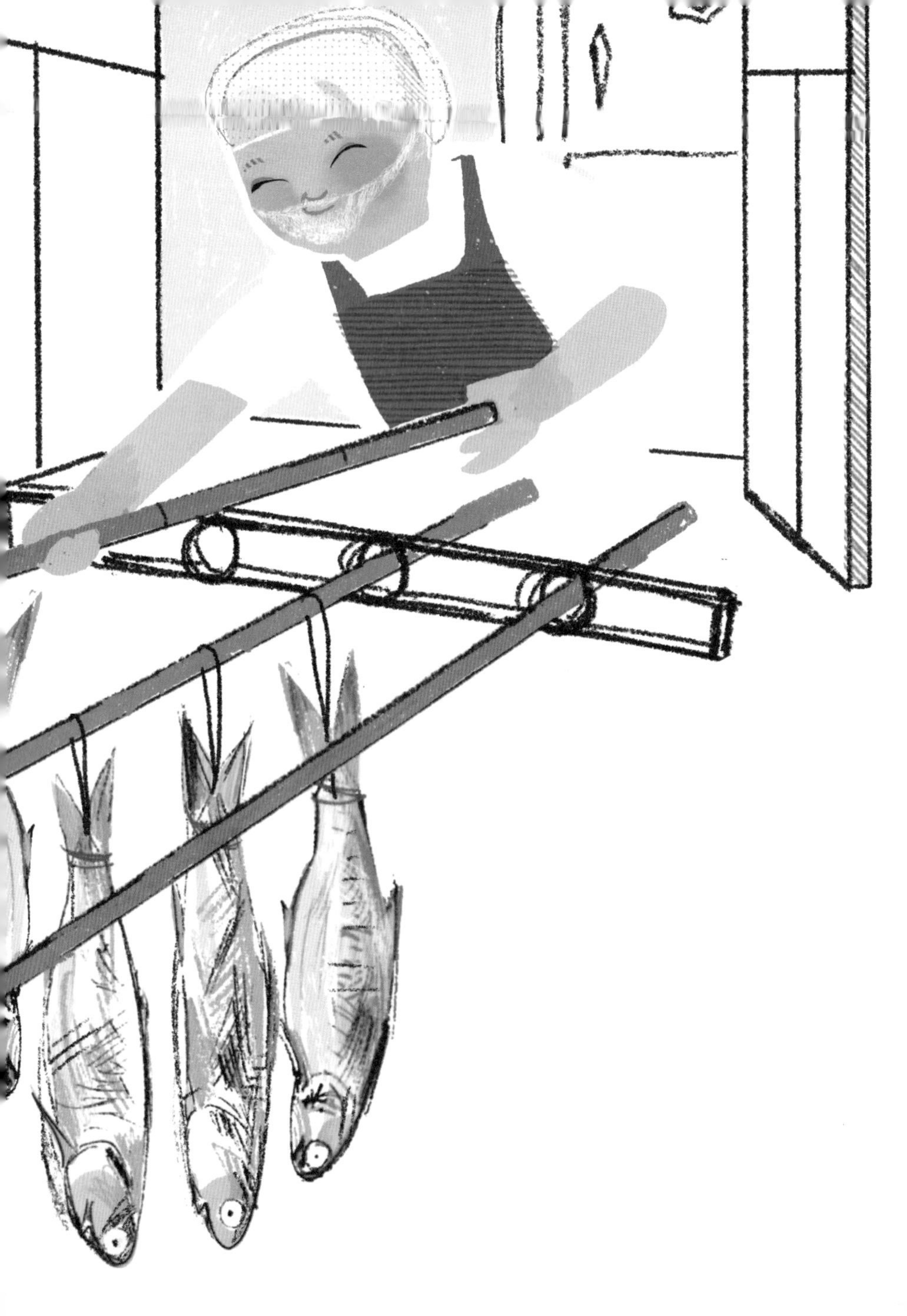

也不必全照書中樣板死描和抄襲，有了基本，再進行寫生，用自己的想法和筆法去表現，就事半功倍了。

書法和繪畫，都要經過一番的苦功，也就是死記了，死記詩詞，自然懂得押韻，死記《芥子園》，慢慢地，畫山像一點山，畫水像一點水，山水畫自然學得有一丁丁模樣。

成為大師，需窮一生的本領，但只要娛樂自己，畫個貓樣也會哈哈大笑。

我喜歡的是樹，書上關於各種樹的畫法都仔細介紹，按此抄襲，畫一棵大樹，再在樹下畫一個小人，樹就顯得更大了。

小人有各種姿態，像「高雲共片心」，是抱石而坐，像「卧觀山海經」，是躺在石上看書，像「展席俯長流」，是為在石上看水，像「雲卧衣裳冷」，是睡在石上看雲。寥寥數筆，人物隨着情景，活了起來，都是樂趣無窮的。

《玩工廠》

這段日子，最好玩的是手工作業。

香港人手工精巧，窮的時代就開始人造膠花工業，紡紗工業等等，逐漸地，我們依靠了大量生産的，我們的小工廠搬到其他地方去；這都是因為地皮貴，迫不得已。

但是我們有手工精細的優良傳統，工廠搬到別處之後空置多了，租金相對之下變得便宜，這令我想到，不如開一間來玩玩。

二十多年前，我開始在香港手作「暴暴飯焦」、「暴暴鹹魚醬」等等産品甚受歡迎，後來廠租越來越貴，惟有搬到大陸去做。

鹹魚在大陸難找高級的原料，雖然繼續生産，但是我自己覺得不滿意，一直想改進。

疫情之下，工廠的租金降低，這讓我有復活這門工藝的念頭。想了又想，要是不實行的話，念頭再好也沒有用。

一、二、三，就再始了。

找到理想的廠房，又遇上理念相同的同事，我們由一點一滴，開始設立小型工廠來。

先到上環的鹹魚街，不惜工本地尋覓最高級的原材料，鹹魚這種東西像西方的乳酪，牛奶不行，怎麼做也做不出好的芝士來。我們用的是馬友魚，這種魚又香又肥，最適合醃鹹魚，我們堅信不用最好的是不行的。

馬友雖然骨少肉多，但一般鹹魚拆了下來，最多也只剩下六成的肉，用它來製造鹹魚醬，不必蒸也不必煎，開罐即食，非常之方便，淋在白飯上，或者用來蒸豆腐，或者配合味淡食材，都可以做成一道美味的菜餚，對於生活在海外的遊子，更可醫治思鄉病。

配合以往的經驗，從頭開始，在最衞生的環境下，不加防腐劑，人手做成最貴最美味的醬料來。

工廠一切按照政府的衞生規定成立，這麼一來，才能通過檢查，也可以獲得CIPA認證，銷售到內地去，這一切，都經過不懈的努力。

產品當今已做好，我很驕傲地在玻璃罐上貼了「香港製造」的標籤。

現在已逐漸小量地推出，因為原料費高，也不可能賣得太貴，我不想被超市抽去四十個巴仙的紅利，目前只能在網上賣，或者今後找到理想的條件，再到各個點去零售，總之，這是一件很好玩的事。

我不會被瘟疫玩倒，我將玩倒它。

活在瘟疫的日子

「自我隔離的這段時間做甚麼好呢？」很多網友都問。

「有甚麼好過創作？」我回答。

「但我們都不是甚麼藝術家呀！」

「不必那麼偉大，種種浮萍，也是創作。」

浮萍去哪裏找？鋼管大廈森林中。說的也是，不如把家裏吃剩的馬鈴薯、洋蔥和蒜頭，統統都拿來浸水，一天天看它長出芽來，高興得很。

好在年輕時在書法上下過苦功，至今天天可以練字，越寫越過癮，每天不動動筆全身不舒服，寫呀寫呀，天又黑了。

寫好的字拿到網上拍賣，也有人捧場。

玩個痛快，替網友們設計簽名，中英文皆教，也不是自己的字好，而是看不慣年輕人的鬼畫符，指導一下，皆大歡喜。

微博這塊平台不錯，網友一個個賺回來，至今也有一千一百萬個。本來一年只開放一個月，讓大家發問，這次困在家裏，就無限制了，年輕人問問苦惱事，一一作答，時間也不夠用。

喜歡的電影是甚麼？早已回覆。當今問的是音樂，這方面甚少涉及，就大作文章，從我喜歡的歌手開始，每個來一曲，啟發了網友們對這個人的喜好，就可去聽他們別的作品。

勾起很多回憶，像我剛到香港時的流行曲，是一曲叫《Sealed With a Kiss》的，由Brian Hyland唱出，一九六二年的事了，這段日子不停地在我腦海中出現了又出現，也不管他人喜不喜歡，也就介紹了。

BANGO

很多人的反應是低級趣味，又嫌是老餅之歌，怎麼說也好，我才不管，我喜歡是我喜歡的事。如果年輕人細聽，也會聽出當年的歌星都經過丹田的訓練，歌聲雄厚，不像現在的唱一句吸一口氣，像癆病多過演唱者。

大家躲在家裏時，我還是照樣上街，但當然不可妨礙到別人，口罩是戴上的，一回到車上，即刻脱掉，不然會把自己悶死。

鍾楚紅來電說聚會，到了才知道是她的生日，多少歲我不問，反正美麗的女人是不老的。

請我吃飯最合算，我吃得不多，淺嚐而已。酒照喝，也不可能像年輕時一喝半瓶烈酒。

一說喝酒，又想起老友倪匡兄，他最近得到一個怪病，腿部長了一顆腫瘤，動了手術。

他老兄樂得很，說是一種很奇怪的病，只有專家一看就知道是種皮膚癌，普通的醫生還以為是濕疹。我本來想請他把病名寫給我，後來覺得無聊，也就算了，反正這是外星人才會染上的，說也無益。

這段時間最好是叫外賣，但我寧願自己去取，打包回來慢慢吃，常去的是九龍城的各類食肆，偶而也想到小時候吃的味道，就爬上皇后街一號的熟食檔，那裏有一攤賣豬雜湯，叫「陳春記」非吃不可。

老太太已作古，當今由她女兒和女婿主掌，味道當然不可能一樣，早年的豬肚是把水灌了又灌，灌到肚壁發脹，變成厚厚的半透明狀，爽口無比。做這門功夫的肉販已消失，總之存有一點點以前的痕迹，已算口福。

店主還記得我雖喜內臟，但不吃豬肺，改成大量的豬紅，想起新加坡那一檔也賣豬雜，挑戰我說他們的產品才是最正宗的，我不服氣去試。一看碗中物，問道豬紅在哪裏？對方即刻啞口無言。原來新加坡政府是禁止人民吃豬血的，不但豬血、雞血、鴨血甚麼血都不可以賣，這怎麼做出正宗的豬雜湯來？

接着到隔幾家的「曾記粿品」，這裏除了韮菜粿之外還賣椰菜粿，那就是高麗菜包的。

就可惜沒有芥蘭粿，想起當年媽媽最拿手，結果去菜市場買了幾斤，自己做，在家裏重溫家母的味道，樂融融。

做菜做出癮來，甚麼都試一試，我最愛吃麵，尤其是黃色的油麵，拿來炒最佳，可下雞蛋、香腸、豆芽和蝦炒之，把家傭的那瓶Kecap Manis偷過來淋上，不必下味精也夠甜。說起它，最好還是買商標有隻鷺鳥的Bango牌子才好買，其他的不行。

說到炒麵，又有點子，可以號召網友們來個炒麵比賽，得獎的送一幅字給他們，這麼一來，花樣又多了。

這段時間又重遇過毛姆的小說，不止《月亮和六便士》、《剃刀邊緣》，還有無窮盡的其他作品，統統搬出來看，又有一番新滋味。

還有連續劇和舊電影，看不完的。

日子怎麼過？

太容易過！

蔡瀾作品

蔡瀾的緣
草草不工
蔡瀾談日本
蔡瀾再談日本
蔡瀾三談日本
蔡瀾四談日本
蔡瀾五談日本
蔡瀾六談日本
蔡瀾七談日本
蔡瀾八談日本
苦中作樂
蔡瀾續緣
海外情之一：西班牙

海外情之二：印度、泰國
海外情之三：南斯拉夫
海外情之四：澳洲
不過爾爾
忙裏偷閒
玩物養志
附庸風雅
海隅散記
無序之書
放浪形骸
蔡瀾談電影
吐金魚的人
一點相思

蔡瀾隨筆
給亦舒的信
追踪十三妹（上）
追踪十三妹（下）
不修邊幅
給年輕人的信
給年輕人的信（二集）
給年輕人的信（三集）
給成年人的信
客窗閒話
十字街頭
霧裏看花
街頭巷尾

半日閒園
山窗小品
花開花落
癡人說夢
狂又何妨
百思不解
吶喊，徬徨
醉鄉漫步
撫今追昔
老瀾遊記
老瀾遊記（二）
老瀾遊記（三）
老瀾遊記（四）
老瀾遊記（五）

老瀾遊記（六）
秋雨梧桐
老瀾遊記（七）
虛無恬澹
老瀾遊記（八）
抱樸含真
老瀾遊記（九）
夢裏奔波
老瀾遊記（十）
前塵往事
繡花枕頭
笑話和趣事
一樂也
病中記趣
二樂也
四位老友
三樂也
雨後斜陽
四樂也
松下對弈
五樂也
淺斟低唱
六樂也
撫琴按簫
七樂也
掃雪烹茶
八樂也
小雨移花
九樂也
倪匡閑話
十樂也
御風而行

紅塵深處
蔡瀾食典
煙蘿飄飛
蔡瀾食典（後篇）
蔡瀾的鬼故事（上）
蔡瀾的生活方式（I）
蔡瀾的鬼故事（下）
蔡瀾的生活方式（II）
老友寫老友（上）
蔡瀾食單1（一至四冊）
老友寫老友（下）
蔡瀾食單2（五至八冊）
一趣也
麻辣愛情
二趣也
好色男女
三趣也
蔡瀾談日本珍藏版（盒裝八冊）
四趣也
蔡瀾世界名饌錄
五趣也
蔡瀾歎名菜
六趣也
吾愛夢工場（一）
——蔡瀾的電影現場
七趣也
吾愛夢工場（二）
——蔡瀾的電影筆記
八趣也
九趣也
蔡瀾笑話
十趣也
蔡瀾潮晒日本

蔡瀾潮晒台灣
蔡瀾潮晒韓國
人生必去的餐廳
人生必住的酒店
蔡瀾精選原創140字微小說140篇
一妙也
二妙也
三妙也
四妙也
五妙也
六妙也
七妙也
八妙也
九妙也
十妙也
蔡瀾@微博妙答
蔡瀾@微博妙答（2）
蔡瀾@微博妙答（3）
吃喝玩樂——吃
暢敘幽情
獨坐幽篁
花徑不掃
醉弄扁舟
蔡瀾的生財之道
跟住蔡瀾玩+食+買
蔡瀾私塾
蔡瀾美食Guide
——尖沙嘴、中上環、灣仔、
銅鑼灣及天后篇
蔡瀾家族
蔡瀾家族（貳）
只恐夜深花睡去
雙鬢斑斑不悔今生狂妄
欲上青天攬明月
還我青春火樣紅
仰天大笑出門去
每逢暮雨倍思卿
與爾同銷萬古愁
蔡瀾選集（1）：《生活智慧》
蔡瀾選集（2）：《男歡女愛》
蔡瀾選集（3）：《師友奇人》
蔡瀾選集（4）：《天下美食》
蔡瀾選集（5）：《食材攻略》
蔡瀾選集（6）：《影視世界》
蔡瀾選集（7）：《老又如何》
蔡瀾選集（8）：《夫子自道》
蔡瀾選集（9）：《鬼話連篇》
蔡瀾選集（10）：《真係笑話》
蔡瀾選集（11）：《中華覓食》
蔡瀾選集（12）：《品味日韓》
蔡瀾選集（13）：《環球之旅》
蔡瀾選集（14）：《南洋遊踪》